KB042737

필사, 손으로 쓰고 마음으로 읽다

인생을 두드린 아름다운 문장으로 나를 만나다

필사, 손으로 쓰고 마음으로 읽다

인생을 두드린 아름다운 문장으로 나를 만나다

초 판 1쇄 2024년 02월 29일

지은이 나비누나, 보르도 아줌마, 비비드, 써니텐, 유유맘
펴낸이 류종렬

펴낸곳 미다스북스
본부장 임종익
편집장 이다경
책임진행 김가영, 윤가희, 이예나, 안채원, 김요섭, 임인영, 권유정

등록 2001년 3월 21일 제2001-000040호
주소 서울시 마포구 양화로 133 서교타워 711호
전화 02) 322-7802~3
팩스 02) 6007-1845
블로그 http://blog.naver.com/midasbooks
전자주소 midasbooks@hanmail.net
페이스북 https://www.facebook.com/midasbooks425
인스타그램 https://www.instagram/midasbooks

ⓒ 나비누나, 보르도 아줌마, 비비드, 써니텐, 유유맘, 미다스북스 2024, *Printed in Korea.*

ISBN 979-11-6910-531-6 03810

값 17,500원

미다스북스는 다음세대에게 필요한 지혜와 교양을 생각합니다.

필사, 손으로 쓰고 마음으로 읽다

인생을 두드린 아름다운 문장으로 나를 만나다

미다스북스

글을 시작하며

이 책을 읽는 당신은 지금까지 무심하게 방치했던 나를 만나러 가게 된다. 이 책은 당신에게 그 어떤 강요도 하지 않는다. 단지 나를 아름답고 포근하게 치유하고 스스로 단단해지도록 선택할 수 있는 기회에 한 발짝 다가가게 해준다.

이 책을 손에 든 당신과 우리가 만난 것은 우연이 아니다. 그동안 당신 가슴 속에 엉켜있던 풀리지 않는 실타래를 살살 풀어주기 위한 필연이다.

하루 10분이 100일 동안 쌓이면 하루가 채 되지 않는 시간이다. 우리 인생에서 하루가 채 되지 않는 시간이 당신을 어떻게 변화시킬 수 있는지 당신은 깨닫게 된다. 그것도 아주 부드럽고 따뜻하게 말이다.

여기 모인 5명은 100일간의 필사를 하고, 많은 변화가 생겼다.

저마다의 이유로 말을 잘하고 싶었던 우리는 온라인 스피치 강의를 통해 만났다. 우연히 필사 모임이 만들어지고 100일 긍정 확언 필사가 시작되었다.

처음에는 단순히 100일만 채우자는 취지였다.

하루, 이틀이 모여 50일이 되었고 필사를 하는 것에만 그치지 않고 한 달에 두 번, 새벽 6시에 온라인 줌을 통해 만났다.

생활 패턴도 다르고 모든 삶이 달랐지만 서로의 이야기를 듣기 위해 새벽이슬도 마다하지 않고 다들 노트북 앞에 앉아 반갑게 마주했다. 한 번의 만남이 피로하고 지루했으면 다음 만남은 이루어지지 않았을 것이다. 서로 다른 2주간의 필사 이야기를 들으며 저절로 고개가 끄덕여졌다. 우리는 하루하루 마음의 성장을 해가고 있었고 필사의 힘은 강력했다. 글에서 말로, 말에서 글로 우리는 달라졌다.

우리가 서로에게 받았던 감동의 이야기는 무엇일까? 말을 잘하고 싶어서 온라인 스피치 강의를 들으러 왔는데, 나의 말을 하기보다는 상대방의 이야기에 귀를 기울이게 된다. 그것이 말을 잘하는 방법이라는 것을 우리는 자연스럽게 터득한 듯했다.

우리가 이곳에 담은 이 짧은 단상이 그리고 우리의 삶이 많은 분께 공감이 되고 위로가 될 수 있기를 기대해 본다.

목차

목차

목차

목차

목차

나비누나 —————

15마리 고양이 집사. 고양이의 다양한 심리와 모습을 글과 그림으로 표현하면서 고양이 사랑을 전한다. 시트콤 지향적인 삶을 추구하면서 인생을 즐기는 고양이 집사다.

100일 동안 루틴을 만들고 싶어서 무작정 필사 모임에 참여했다. 악필 교정을 한다는 생각으로 가볍게 시작했지만 책을 한 권씩 읽고, 쓰며 사람들과 소통하는 시간이 또 다른 배움이었다.

각자의 필사가 자신의 마음에 어떻게 자리매김하는지 들으며 간접 필사를 하는 느낌이었다. 그리고 필사를 하는 시간 동안 자연스럽게 떠오르는 내 감정들을 가감 없이 기록하기 시작했다.

손 글씨를 쓰기 시작했다

어떤 작품이 매일 조금씩 자신의 손으로 만들어져
마침내 완성되는 것을 볼 때 인간은 행복감을 느낀다.

쇼펜하우어의 『자신의 가치를 깨닫는 행복』 중에서

손 글씨를 쓰기 시작했다. 악필은 아니지만 좀 더 예쁘고 정리된 글씨체로 쓰고 싶었다. 어쩌다가 서류나 계약서에 서명해야 할 때, 정리되지 않은 글씨체가 부끄러워서 괜스레 볼펜만 만지작거리기 일쑤였다.

얼마 전 친구의 그림 전시회가 열렸다. 축하해 주기 위해서 먼 길을 마다하지 않고 꽃다발을 들고 달려갔다. 멋진 작품들을 천천히 보고 나니 '방명록에 메시지 한 줄 남기고 가세요~.' 라고 방명록 앞에 계신 작가님이 권유하신다. 손에 펜을 들기는 했지만, 마음처럼 쉽게 써지지 않았다. 지인의 기념행사에 참석할 때면 방명록에 글씨 쓰는 것이 부담스러워서 인사말을 남기지 못할 때가 있다. 내 못난 글씨가 지인의 명성에 누가 되지 않을지 하는 걱정 때문이었다. 이 순간은 나 자신이 한심하기도 했다.

때마침 100일 필사 모임이 생겼다. 필사를 해본 적은 초등학교 이후로 한 번도 없었다. 필사 방법은 간단했다. 책을 읽고, 혹은 좋아하는 글을 보고 그대로 노트에 손 글씨를 쓰면 된다고 한다. 꾸준히 100일 동안 참여할 수 있을지 자신은 없지만, 새벽 루틴도 만들고 부끄럽지 않을 글씨로 변화할 수 있는 기대를 안고 한결같이 할 수 있는 환경 속으로 무작정 나를 던져 넣었다. 100일 후에 어떤 변화가 있을지 무척 궁금하다.

말을 잘 하고 싶었다

누군가는 그랬습니다.
행복은 현재에도 좋고 미래에도 좋은 것이라고요.

강원국의 『진짜 공부』 중에서

나는 말을 참 못한다. 주제도 분명하지 않고, 핵심도 없고, 강약도 없고 장황해지기만 한다. 말하다가 산으로 간다는 표현이 딱 나를 두고 하는 말이다. 더군다나 목소리조차 작다. 그래서 말을 잘하고 싶었다. 조금 더 구체적으로 이야기하자면 좋은 목소리로 상대방이 편안하게 들을 수 있도록 잘 말하고 싶었다.

수년 전 외국인에게 나를 소개하는 자리가 있었다. 그분은 내가 하는 말을 귀 기울여 듣더니 이내 내 흉내를 냈다. 나를 놀리려던 건 아니었고 잘 들어주려고 하는 관심이었다. 아마도 내 목소리가 신기하게 들렸던 모양이다. 그분이 흉내를 낸 내 목소리는 목을 잔뜩 누르며 나오는 가느다란 소리에 앵앵거리는 말투까지 섞여서 마치 어린아이가 징징거리는 듯한 느낌이었다. 너무나 듣기 싫었고 신뢰감이라고는 전혀 느껴지지 않았다.

'세상에, 내가 저렇게 말을 하고 있었구나!'

나를 흉내 내는 그 분을 보는 순간은 기분이 좋지 않았지만, 다른 사람에게 내 목소리가 어떻게 들리는지 알 수 있는 좋은 기회였다.

당시 기분이 좋지 않았던 이유도 목을 누르며 내는 소리가 나조차도 듣기가 싫었기 때문이다. 말을 잘하고 싶다는 욕구가 생긴 건 바로 이때부터다.

하지만, 내 목소리가 사람들에게 어떻게 들리는지 알게 되었다고 해도, 듣기 좋고, 신뢰감 있게 말하는 방법을 알지 못했다. 그러다 보니 다른 사람 앞에서 말할 때는 늘 자신이 없었고, 되도록 앞에 나서서 말하지 않으려고 했다.

말을 잘하고 싶다는 막연한 꿈만 가진 채로 시간은 흘렀다. 목소리가 좋아지면 행복해질 수 있을 것 같았고, 말을 잘하면 더욱 더 행복해질 것 같았다. 나는 편안하게 잘, 말하는 사람이 되고 싶었다.

운명은 어린아이처럼 맑다

삶은 끝없는 변화의 연속이다.
유일하게 확실한 것은 오늘 뿐이다.

데일 카네기의 『자기관리론』 중에서

한때 금속공예에 빠진 적이 있다. 단단한 쇳덩어리에 열을 가하면 액체가 되고 그것을 식혀서 하나의 덩어리로 만든다. 그다음 편편하게 펴주고 오랜 시간 공을 들여 망치로 두들기면서 하나의 작품으로 탄생시킨다. 완성되는 과정이 마법 같아 보였다. 그 매력에 매료되어 대학원 진학까지 꿈꿨다.

이즈음에 오랜만에 학교 선배에게 연락이 왔다.

"요즘 만나는 사람 있어? 없으면 소개팅 안 할래? 그냥 편하게 한번 만나만 봐~."

특별히 거절할 이유가 없었다. 선배의 권유를 마다하지 않고 나간 그곳에서 마주한 이 남자.

그의 모습은 나의 이상형과는 정반대의 모습이었다. 검은색 양복바지에, 옆구리에는 검은색 가죽 가방을 끼고 목에는 노란 금목걸이를 두르고 있다. 그 자리에서 바로 나오고 싶었지만 다들 그러하듯 소개팅 주선자의 입장을 생각해서 소개팅의 설렘 따위는 버려버리고 밥이나 한 끼 먹고 헤어지자는 마음으로 그 자리를 대했다.

그런데 이 남자 가만 보니 일을 끝내고 바로 오는 길인지 손톱 아래 검은 기름때가 다 빠지지도 않고 남아있다. 평소 세련되고 도시적이며 깔끔한 스타일을 좋아하던 나였다. '참 예의가 없는 사람이구나!'라고 속으로 생각했지만, 신기하게 그날의 나는 이 남자의 손톱 아래에 남아있는 검은 기름때 자국이 더러워 보이지 않았다.

혹시나 오해할까 봐 한 번 더 짚고 넘어가겠다. 난 이 남자에게 절대 첫눈에 반하지 않았음을 기억해 주기 바란다. 소개팅을 해준 그 선배 놈의 정강이를 후려갈겨 주고 싶었던 게 그날의 첫 심정이었으니 말이다. 단지 평소와 달리 까만 기름때가 눈에 거슬리지 않는 내 마음이 이상했을 뿐이다. 그 마음이 궁금해서 다음 만남을 기약하다 보니 어느새 16년을 함께 살고 있다.

우연히 만난 그날, 우리의 운명은 어린아이처럼 맑았다.

고양이 집사가 되었다

결혼하고 3년 정도 지났을 무렵 신랑이 집으로 고양이를 데려오고 싶어 했다. 투박한 겉모습과 달리 동물과 소통을 잘하는 신랑은 병에 걸려서 다 죽어가는 새끼 고양이를 눈앞에 두고 차마 모른 척할 수 없어서 며칠 동안 안절부절못하고 있었다.

난 고양이를 데려와 살릴 자신도, 키울 자신도 없었기에 신랑에게 집으로 데려오면 안 된다고 매몰차게 이야기했다.

"그냥 두면 죽을 것 같아."
"얘 가족들은 이미 다 죽었더라고."
"이제 얘만 남았어."
"내일이면 죽을지도 몰라."

이대로 그냥 두면 마치, 내가 살 수 있는 고양이를 죽이는 살인자가 될 것 같은 공포감을 조성하였지만, 신랑의 말은 사실이었다.

'그래, 고양이가 나을 때까지만 돌봐 주자. 다 나으면 다시 고양이가 있던 곳으로 돌려보내면 되지!' 하고 단순하게 마음을 고쳐먹었다. 그리고 곧바로 신랑과 함께 고양이를 수건으로 감싸고 동물 병원으로 향했다.

운전대를 잡은 신랑의 얼굴은 여전히 불안감으로 가득했고 나는 낯선 고양이를 무덤덤하게 끌어안고 "괜찮을 거야."라며 신랑을 안심시켰다.

병원에 도착하자마자 상황 설명부터 했다. 그런데 접수를 먼저 하란다. 고양이 이름을 적어야 한다는데, 어라! 이 아이 이름이 없다. 급한 대로 '나비'라고 대충 적어서 접수를 마쳤다. 선생님은 내 품에 안긴 고양이를 보더니 알 수 없는 표정을 지었다. 신랑은 더 불안해했다. 힘없이 축 늘어진 이 고양이가 살 수 있을지는 병원 측에서도 장담을 못 했다. 그저 최선을 다해보겠다는 이야기만 해줄 뿐이었다. 우리가 할 수 있는 건 여기까지라고 위로하며 고양이의 생명선은 하늘의 운명에 맡기기로 했다.

병원에 데려갈 때까지만 해도 무덤덤했던 내가 병원에 다녀온 날부터는 밤새 잠을 이루지 못했다. 어제보다 나아졌을까? 아침보다 괜찮아졌을까? 이제는 신랑보다 내가 더 안절부절못했고 오히려 신랑이 나를 안

심시키기 시작했다. 이렇게 걱정이 될 줄 알았다면 진작에 병원에 데려
갈 걸 하는 후회가 밀려왔다.

조금이라도 변화가 있는지 혹시나 하는 마음에 이튿날부터 병원에 전
화도 하고 찾아가 보기도 하고, 전날과 다르게 아주 극성맞게 돌변했다.
도대체 괜찮아지기는 하는 걸까? 속이 탔다. 병원에서는 '조금이라도 변
화가 생기면 연락을 주겠다.'며 집에 가서 기다리고 있으라고 한다. 제발
살아나 주기를 간절히 바라면서 입원실 안에서 미동도 없이 누워있는 고
양이를 뒤로하고 집으로 돌아왔다. 하지만 밥이 어디로 넘어가는지도 모
르겠을 정도로 신경은 온통 병원에서 연락이 올 전화기에 쏠려 있었다.

따르르르릉~

드디어 며칠 만에 동물 병원에서 걸려 온 전화. 심장이 두근두근, 손도
덜덜 떨렸다.

"나비가 고비는 넘겼습니다. 이제 며칠 더 입원해서 지켜보면서 치료
해야 할 것 같습니다." 우리는 두 손을 꼭 잡고 "이제 됐어! 살 수 있어!"
를 연거푸 외치며 집안을 방방 뛰어다녔다.

고마워, 살아줘서!

나비와의 인연은 이렇게 시작되었다.

슬픔에 최선을 다해본다

슬픔은 치료받아야 할 문제가 아니라
삶의 자연스러운 일부입니다.

루이스 헤이의 『치유 수업』 중에서

우리 집엔 나비 외에도 많은 고양이가 산다. 사람 집에 고양이가 사는 건지 고양이 집에 사람이 사는 건지 구분하기 어려울 정도로 지내고 있다.

대체로 길고양이들은 교통사고로 죽거나 새끼 고양이의 경우에는 죽음의 고비 앞에 견디지 못하여 무지개다리를 건너는 일이 많다. 그렇게 안타깝게 세상을 떠난 고양이들은 신랑이 텃밭 가장자리의 나무 아래에 묻어주었다. 막상 아이들이 곁을 떠나는 걸 지켜봐야 하는 순간에는 이루 말할 수 없을 정도로 심정이 참담하다. 이렇게 뜻하지 않은 이별을 해야 할 때 난 1주일간은 신랑 말고는 그 누구와도 접촉하지 않으려고 하는 습관이 있다. 조용히 그리고 차분하게 보내주고자 하는 나만의 이별 방식이다.

그런데, 지난해에 레쥬와 일검이가 세상을 떠났다. 이별은 언제나 힘들다. 우리 부부에게 고양이들은 자식 이상의 존재라서 슬픈 마음을 추스르기가 쉽지 않다. 매일 이불 속을 파고들어 와 통통한 내 뱃살에 꾹꾹이를 하고, 겨드랑이 사이에 코를 박고 그르렁거리며 잠을 자고, 눈을 마주치며 교감하던 아이와 더는 만날 수 없다는 사실이 쉽게 받아들여지지 않는다. 입 밖으로 아무 말도 나오지 않을 정도로 이별의 슬픈 정도는 그 누구도 가늠하기 어려울 정도로 고통스럽다.

고양이들도 두 아이가 없는 공간에서 허전함을 느낀다. 한동안 레쥬를 찾아다니기도 하고, 일검이가 자주 앉아 있던 자리를 가보기도 한다. 레쥬와 일검이의 냄새와 흔적이 느껴지는 것이다. 마음을 나누고, 싸우기도 하고 함께 지내던 기억을 아이들도 금세 잊지 않는다. 어느새 1주일이 지나가지만, 이별을 극복하기에는 턱없이 부족한 시간이다. 하지만 우리 집엔 15마리 고양이가 산다. 아니 이제 레쥬와 일검이를 먼저 보냈으니 13마리의 고양이가 살고 있다. 그러므로 지금 옆에 있는 아이들을 생각하면 되도록 빠른 마음의 회복이 필요하다. 13마리 아이들의 곁으로 돌아와 다시 일상을 이어나가야 한다.

함께 살던 가족이 세상을 떠나면 그 원인이 모두 나에게 있는 것 같은 죄책감이 든다. 어떠한 이유로 세상을 떠났든 말이다. 못 해준 것만 생각이 나서 가슴이 아리다. 이별은 이렇게 후회만 남는다.

신랑은 레쥬를 볕이 잘 드는 어린 라일락 나무 아래에, 일검이는 담벼락 옆에 있는 산딸나무 아래에 묻어주었다. 올봄에 레쥬의 라일락 나무에 새싹이 돋아나는 걸 보니 나도 모르게 눈물이 났다. 점점 라일락 향기가 더 짙어지는 것 같다. 담벼락 옆에 큰 산딸나무는 무성한 잎을 보여주고 열매와 꽃도 크고 굵다. 살아있던 일검이의 튼튼함을 보여주는 듯하다.

라일락과 산딸나무를 바라보며 속삭인다. 나는 여전히 15마리 고양이 집사다.

가끔 사람들이 물어본다. 왜 그리 고양이가 많아요? 나는 대답한다. 자연스럽게 만난 가족의 인연에는 이유는 없는 것 같아요. 앞으로도 13번의 이별을 하는 슬픈 순간이 오겠지만 슬픔은 삶의 자연스러운 일부라는 것을 잊지 않으려고 한다. 슬픔을 참지 않고 최선을 다해 아파하는 것은 떠난 이에 대한 나의 배려와 애도의 방법이다.

새벽 6시, 변화의 순간

아침 시간 10분의 긍정 확언이
어떤 하루를 살게 될지 결정한다.

루이스 헤이의 『긍정 확언』 중에서

어둠이 채 가시지 않은 새벽, 마당에 새들이 모이기 시작한다. 시골에 살다 보니 한여름의 새벽 공기는 차갑고 코끝은 개운하다. 방문 앞에 쪼르륵 앉아서 내가 일어나기를 일찌감치부터 기다리고 있는 고양이들은 이제 막 일어난 나를 한심하게 쳐다보고 있다.

13마리 아이들의 눈빛에 기가 눌려 서둘러 밥그릇과 물그릇을 챙기기 시작한다. 밥 챙기는 소리에 아이들은 더욱 바쁘게 나를 따라다니며 밥 내놓으라고 재촉한다.

"밥그릇에도 순서가 있는 법이야. 기다려 봐."를 연신 내뱉으며 나비 밥그릇에 제일 먼저 한 주먹 담는다.

그나마도 덜 까다로운 레방이와 일방이, 일레, 요검이, 야꼬, 뚱땡이는 거실에서 밥을 주고, 다른 아이들과 같이 밥을 먹기 싫어하는 팝방이와 달레, 칠꼬와 꼬맹이는 방에서 따로 준다. 또 이리 치이고 저리 치이는 월방이와 목검이는 다른 아이들 다 먹고 난 후에야 밥을 먹기 시작한다. 이렇게 각자의 자리에서 밥을 먹고 나면 언제 졸랐냐는 듯 순식간에 자기 자리로 가서는 조용히 잠을 자기 시작한다.

휴 우~

아이들이 밥을 먹는 사이에 신랑은 출근하러 문을 나서고 나도 그제야 창밖의 공기도 들이마시며 하늘도 올려다보고 뺨을 스치는 바람과도 인사를 나눈다. 그리고 단톡방에 들어가 아침 인사를 한다. 드디어 상쾌한 하루의 시작이다.

자연과 나의 세상을 깨워주는 이 새벽은 굉장히 특별하다. 마치 아무도 밟지 않은 하얀 눈 위를 한 발짝 내딛기 바로 직전처럼 신비로운 기대감에 두근거림과 설렘이 느껴진다.

새벽은 나에게 이런 존재이다.

새벽은 새벽 냄새가 난다. 계절마다 다른 냄새지만 포근하고 희망적인 냄새다. 부드럽고 때론 강렬하다.

100일 동안 새벽에 손 글씨를 쓰며 필사에 처음 도전했다. 예전에는 필사 행위를 도통 이해하지 못했다. 책에 있는 글을 뭘 하러 그대로 따라 쓰는 수고로움을 애써 하는 걸까? 라는 생각이 먼저 들고 남들이 하는 필사를 보면서 시간 낭비하는 취미라고 여기고 무시했다. 이런 생각은 한 번도 해보지 않은 것에 대한 편견이었다. 긍정 확언 필사를 해보니 세상을 바라보는 시야가 넓어지고 마음을 헤아리는 이해심이 깊어지는 듯한 현상을 느꼈다. 필사의 효과다. 그것도 타인을 향한 것이 아닌 내 안의 나를 바라보는 시각에서 말이다. 마음속에 딱딱하게 굳어 있던 것이 점점 말랑말랑해지는 유연성도 드러났다. 마치 내 마음을 여는 황금 열쇠를 제작하는 기분이었다.

직접 해보지 않고서 갖는 선입견으로 나를 좋은 곳으로 데려가는 것을 방해할 뻔했다. 관념이 바뀌어야 좋은 것도 경험할 수 있는 변화의 순간을 받아들일 수 있다.

새벽 6시, 깨어있지 않으면 느끼지 못하는 그 상쾌한 공기가 참 좋다. 이 변화의 시간을 온전히 느낄 수 있음에 감사하다. 새벽은 참 매력적이다.

완벽하지 않지만 옳은 길

조금은 내려 놓아도 된다.
조금은 편해져도 괜찮다.

허규형의 『나는 왜 자꾸 내 탓을 할까』 중에서

손 글씨를 쓰다 보니 필기구에 자꾸 눈길이 간다. 거래처 영업사원이 박스째 두고 간 볼펜이 이미 철재 서랍 한 칸에 평생 쓰고도 남을 만큼 가득 차 있다. 이참에 서랍에서 볼펜 한 자루를 꺼내서 글씨를 써 보았지만 뭔가 마음에 들지 않았다. 볼펜 똥도 자꾸만 지저분하게 나오고 잉크도 자꾸만 끊기면서 필기감이 영~ 사용하기 불편했다.

방명록에 정갈한 글씨로 인사말 한 문장 남기겠다고 시작한 손 글씨 연습은 똥 많은 볼펜의 영향으로 중간에 자꾸만 멈칫거려졌다. 결국은 '미꽃체' 글씨 쓰기 교본을 구입했고, 책을 펼쳐보니 그대로 따라서 쓰기만 해도 되게끔 아주 잘 만들어져 있었다. 교본과 묶음으로 구성되어 있는 펜은 철제서랍 한 칸에 꽉 차 있는 볼펜들과 다르게 필기감이 아주 좋았

다. 부드럽고 잉크가 끊기는 현상이 없었다.

'세상에 이런 느낌이구나!' 물욕이 많지 않은 나였지만, 잘 써진다는 필기구를 검색하기 시작했다. 초보자에게 부담 없을 만한 만년필을 찾아서 결제 완료를 하기까지 그리 오래 걸리지 않았다. 나를 위해 투자하는 기분이 꽤 괜찮았다.

이제 글씨쓰기 교본도 준비되었으니 그대로 따라 그리면 되는데 난 그 선을 제대로 맞추지 못하고 자꾸만 내 고집대로 휘어지게 쓰고 있다. 분명히 한 권을 따라 쓰기만 하면 누가 봐도 예쁜 글씨를 쓸 수 있다고 했는데 절반 이상을 넘어가는데도 전혀 바뀌는 것으로 보이지 않아서 지루했다.

문득 스피치 연습을 하는 과정이 떠올랐다. 2년 전 말을 잘하려고 검색 끝에 찾아낸 한석준 스피치 클래스 강좌를 들으면서 내 목소리를 찾는데에 꽤 오랜 시간이 걸렸다. 아무리 잘 알려주어도 발성, 호흡은 물론이거니와 앵앵거리는 말투와 가느다란 목소리는 변함이 없었다. 잘하고자 하는 의욕은 아주 충만했지만, 실력이 늘지 않으니 역시나 지루했다.

이때 나에게 내려진 처방은 꾸준함이었다. 매일 몇 시간씩 연습할 필요도 없고 하루에 5분씩만 꾸준히 연습하라고 이야기하셨다. 빨리 예쁜 목소리로 변화하고 싶은 마음에 매일 닥치는 대로 연습했다. 강원국의 『어른답게 말하기』한 권을 처음부터 끝까지 소리내서 읽기도 했다. 2년을 꾸준히 연습했다. 허튼 투자가 아니었다. 내 목소리에도 많은 변화가 생겼다.

손 글씨는 어떻게 됐을까? 100일 필사만으로는 글씨체가 맘에 들게끔 완벽하게 변하지는 않았다. 하지만 한쪽으로 기울어지는 것은 어느 정도 교정이 되어 수평을 맞춰 쓰는 정도는 되었다.

수년 전 내 목소리가 마음에 들지 않아서 바꾸고 싶었고 부끄럽지 않은 글씨체를 가지고 싶다는 꿈을 꾸었다. 지금은 그렇게 바뀔 수 있는 환경 속에 있다. 무엇이든 도전하는 것의 절반 이상에 다다르면 어느 순간 갑자기 좋은 변화가 나타난다. 내 경우에는 '편안함'이었다. 나에게 딱 맞는 치수의 옷을 입은 듯한 편안함을 느끼게 된다면 그건 분명히 옳은 길로 가고 있다는 증거다.

예뻐지는 게 당연한 거지

지금의 상황이 불만족스러워 인생을 바꾸고 싶다면,
먼저 자신을 지배하는 고정 관념이 무엇인지 이해하고
벗어나기 위해 노력해야 한다.

스즈키 도시아키의 『불필요한 생각 버리기 연습』 중에서

올 한 해를 시작할 때는 하고 싶었던 일들이 너무나 명확해서 기대가 컸다. 그러나, 갱년기 증상인지 스트레스성 비만인지 알 수 없는 신체 변화는 급속도로 진행되었고 몸은 점점 망가져 갔다. 내 글 어딘가에 적혀 있듯이 내 이상형은 도시적이고 세련된 사람이다. 그런 스타일의 사람으로 사는 것을 꿈꿔왔다. 현관 앞의 전신거울에 비친 내 모습을 보니 그와는 정반대의 내가 서있었다.

왜 이렇게 변했지? 언제부터 내가 이렇게 된 거지? 기억을 더듬어 보아도 딱히 떠오르지 않았다. 그러고 보니 나는 평소에 거울을 잘 보지 않는다. 셀카도 잘 찍지 않는다. 나를 보는 시간이 거의 없었다. 한편으로 나를 방치한 것이다.

여름부터 참여한 100일 필사는 거울도 되어주고 카메라도 되어 주었다. 과거의 나를 비춰주었고 쓰다듬어 주었고 예뻐질 수 있게 스위치를 켜주었다. 다시 전신거울 앞에 서서 현재의 내 모습과 당당히 눈을 맞추었다. 당장 옷을 입고 운동화를 신고 밖으로 나가 걷기 시작했다.

강가를 걸으며 생각한다. 운동하러 나온 사람들도 각자의 시간 속에 자신의 삶을 살아가고 있다. 그 안에 나도 걷고 있고 내가 없다 해도 모든 것들은 자연스럽게 흘러간다. 생각보다 다른 사람들은 내 삶에 큰 관심을 두지 않는다. 나와 가장 가까운 것은 나 자신이다. 그러니 나를 방치하지 말고 돌보고 가꾸어야 한다. 후회하고 자책하느라 미래의 나를 시간에 가두는 어리석음을 저질러서는 안 된다.

옷걸이에 걸린 몇 안 되는 옷들을 바라보았다. 화려하고 날렵했던 옷들은 어디로 가고 칙칙하고 둔해 보이는 옷들만 걸려있다. 이때다 싶어 물욕이 없는 나는 쇼핑 카테고리를 살피기 시작한다. 신랑도 티 나지 않는 흐뭇한 미소를 보여준다. 예쁜 부인이 싫은 남편은 없다는 걸 잊지 말아야겠다. 무엇보다 예쁜 내가 되고 싶은 마음을 놓치지 말아야겠다. 나에게 관심을 가지면 예뻐지지 않을 수가 없다. 우린 예뻐지는 게 당연하니까!

바람결 같은 사람

미소를 짓자. 미소는 세상에서 가장 강력한
긍정적 행동이다.

김세현의 『긍정의 힘』 중에서

재밌는 것이 좋다.

즐거운 시간이 좋다.

재치 있는 말이 좋다.

여유 있는 표정이 좋다.

웃는 소리가 좋다.

내가 원하는 행복한 삶의 구성은 이런 것이다.

물론 굶어 죽지 않을 만큼의 경제적인 부분은 있어야 한다. 생필품을
살 경제적 여력이 없던 경험이 있다 보니 돈이 얼마나 중요하고 소중한
지 몸소 알게 됐다. 돈은 없어도 돼. 그냥 행복하기만 하면 돼. 이런 말은

하고 싶지도 않다. 돈은 무엇보다 중요하다.

　아! 잊을 뻔했는데 돈보다 중요한 것이 딱 하나 있다. 바로 건강이다. 건강을 잃으면 되찾기가 굉장히 어려울뿐더러 그 무엇을 하려고 해도 마음과는 다르게 몸이 움직여지지 않는다. 건강했던 일상으로 돌아오려면 보통의 평범한 사람보다 몇백 배나 더 많은 의지와 노력이 필요하다. 그러니 꼭 건강을 최우선으로 생각해야 한다.

　이러한 이치를 많이 아파보고 난 후에야 알게 됐고 실패를 거듭한 후에 깨달았다. 멍청한 짓을 하고 욕을 먹고 나서야 옳고 그름을 판단하는 기준을 생각해 보게 되었다. 가도 가도 끝이 없는 숨이 턱턱 막히는 사막을 걷고 또 걷는 듯한 경험을 하고 나서야 인생을 바라보는 관점이 달라졌다. 완벽한 삶을 추구하던 옛날의 나는 힘들고 괴로웠다. 매사가 완벽하지 않으면 만족스럽지 않아서 스트레스를 많이 받았다.

　무엇이든 욕심이 과하면 탈이 나기 마련이다. 적당히 부족하고 적당히 채워져서 바람이 통할 수 있는 길을 만들어 주어야 한다. 바람결이 있는 삶이 정서적으로도 풍요롭다.

　파스텔톤의 화사한 꽃무늬가 그려진 시폰 원피스를 입었다고 상상해 보자. 가벼운 시폰 소재로 만들어진 원피스는 부드러운 바람에 흔들리며 공기의 흐름을 타고 아름다운 실루엣을 만들어 낸다. 여유로운 움직임이 원피스의 화사한 꽃무늬와 함께 매력을 더해줄 것이다. 바람 한 점 없는 밀폐된 공간에서는 아무리 아름다운 시폰 원피스를 입었다고 하더라도 그 매력을 전혀 느낄 수 없다. 시폰 원피스의 하늘하늘한 아름다움을 볼 수 없어서 아쉽고 또 아쉽다.

솔바람조차 통하지 않을 정도로 빽빽한 인생은 숨이 막힌다.

나는 바람결이 있는 사람을 존경한다. 그 자체가 아름답다. 곁에 두고 싶은 사람이다.

웃을 줄 아는 사람.

즐거움을 아는 사람.

숨을 쉴 줄 아는 사람.

공간이 있는 사람.

여유를 가질 수 있는 사람.

바람결이 있는 사람이 곁에 있다면 분명히 나는 지금 행복한 사람이다.

인생은 시트콤이다

그녀가 다정한 목소리로 내 이름을 자꾸 부르지만
나는 못들은 척한다.

베르나르 베르베르의 『고양이』 중에서

고양이는 자존감이 높다. 그래서 더 매력적이라고 느끼는지도 모르겠다. 우리 고양이들도 아무리 불러도 못 들은 척할 때가 있다. 졸리거나 귀찮을 때다. 그러면 고양이 곁으로 슬금슬금 다가가 내 얼굴을 들이밀기도 한다. 자다가 깬 야꼬는 귀찮은 듯 '끄~응~' 하며 두 손 사이에 코를 박고 다시 잠을 잔다. 야꼬의 반응이 시큰둥하면 다음은 레방이의 이마에 내 이마를 가져다 대고 애교를 부리기 시작한다. 레방이는 잠깐 눈을 어디에 둬야 할지 몰라서 이리저리 눈동자가 흔들리다가 내 이마에 머리를 비비기 시작한다. 이렇게 아이들의 반응이 달라서 재미있다.

나에게 오라고 부르지만 결국은 내가 아이들 옆에 가서 뭉그적거리기 일쑤다. 자존감 높은 아이들 옆에서 오늘도 난 노트북을 켜고 크리스마스 음악을 들으며 자기계발을 위해 모인 사람들 속으로 들어간다.

스피치를 배우니 진짜 인생 공부가 시작되었고 하고 싶은 일이 또 생겼다. 새롭고 재밌는 일에 도전했다. 긍정 확언 필사의 효과를 글로 써서 출판하자고 제안했다. 글씨 연습을 하다가 책을 낸다니 이 얼마나 황당하고 재미있는 일인가!

머릿속엔 재미있게 하고 싶은 일들이 수백 가지나 떠오른다.

하하하.

이 글이 출판되어 첫 장을 넘기는 순간이 언제일지 모르겠지만 그 순간을 상상하면 초안을 쓰고 있는 지금, 벌써 자다가도 웃음이 나온다. 5명의 이야기가 담긴 이 책이 어느 날 선물로 도착한다면 몇 날 며칠을 잠 못 이루지 못할 것 같다.

지금 혹시 이 유쾌한 도전을 듣고 입가에 미소를 짓고 있다면 드디어 여러분도 행복의 문을 열 기회가 찾아왔다는 사실을 알아채면 좋겠다. 이게 무슨 말이냐고? 코끝이 시원한 새벽에 일어나 긍정 확언 필사를 해보라는 말이다.

특히 이런 분들에게 긍정 확언 필사를 해보라고 권하고 싶다.

첫째, 자존감이 떨어져서 남의 말에 자주 흔들린다.

둘째, 남의 이야기가 궁금해서 카톡과 각종 SNS를 종일 들여다보게 된다.

셋째, 매사가 완벽해야 하는 탓에 나 자신을 조이며 산다.

넷째, 가슴속 응어리가 풀어지지 않아 괴로움을 금괴처럼 품고 산다.

'어! 이거 난데?!' 하는 분들은 긍정 확언 필사부터 시작해 보길 바란다.

나를 어떠한 환경에 데려다 놓느냐에 따라서 미래의 나는 달라진다. 이것은 인생의 정답이고 확실한 공식이다. 나는 시트콤 지향적인 삶을 추구한다. 해보고 싶으면 시작하고 좌충우돌 해나간다. 그것이 나의 행복이고 살아가는 힘이다.

고양이들이 못 들은 척하면 좀 어떠랴. 내가 다가가면 그만이다. 저리 가라고 하면 편안하게 내 시간을 보낼 수 있어서 그 또한 괜찮다.

어느새 밤이 되었다.

퇴근하는 신랑에게 반갑게 인사한다.

"왜 왔어?"

"지나가다 놀러 왔지."

남자 친구가 놀러 왔으니 오늘 저녁은 부대찌개에 라면 사리 두 개 넣고 소주 한잔해야겠다.

나비누나의 긍정 확언

1. 내 생각이 나를 이끕니다.

2. 나는 나 자신을 사랑하고 스스로를 치유합니다.

3. 내가 가진 좋은 점은 훌륭한 자산이 됩니다.

4. 내 몸을 사랑하는 마음을 가집니다.

5. 실패는 없습니다. 목표한 지점에 가는 과정일 뿐입니다.

6. 과거의 나와 미래의 나는 현재의 내가 만듭니다.

7. 자연의 소리에 귀를 기울여 보세요. 상상 그 이상의 창조성을 키울 수 있습니다.

8. 웃음은 내가 누릴 수 있는 최고의 테라피입니다.

9. 나의 길은 언제나 열려있습니다.

10. 평소 못생겼다고 생각했던 사람이 예뻐 보인다면 나는 지금 행복
    하다는 신호입니다.

맺는말

긍정 확언 필사를 하면서 기분이 좋았다. 손 글씨를 쓰면서 단정한 글씨를 쓰는 것도 만만하게 볼 것이 아니라는 걸 느낀 것도 큰 기쁨이었다.

이 글을 쓰면서 지난 시간 속의 어리석고 부족했던 과거의 나를 만난 순간, 처음엔 너무나 힘들고 숨이 막히고 어지러웠다. 현재의 나와 과거의 내가 만나서 대화를 나눌 충분한 시간이 필요했다. 다행히 책을 읽고 손 글씨를 쓰고 좋은 사람들과 소통하며 에세이까지 쓸 수 있던 그 과정을 통해 점점 마음이 편안해졌다. 좋은 경험이 되었다.

작년 한 해는 참으로 힘든 시간이었다. 여름부터 필사로 마음을 다독이기 시작했고 곧 출판될 이 글을 쓰면서 추운 겨울이 지나가고 있다. 스스로를 안아준 포근했던 그 시간 모두 행복이었다.

필사 친구들과 글쓰기를 함께한 4명의 친구에게 고마움을 전한다. 마지막으로 글이 마무리되기까지 집사의 부재중인 시간을 기다려준 우리 고양이들에게 그리고 신랑에게 고맙다.

보르도 아줌마 ————————

프랑스의 작은 도시 보르도에서 살다가, 우연히 와인을 만나 그 매력에 흠뻑 빠졌고, 이제는 좌충우돌 와인으로 삶을 그려 나가고 있는 평범한 아줌마. 두근두근 설레다가 좌절도 하다가, 와인 한 잔에 이내 행복해지는 아줌마. 와인의 빛과 향기로 삶을 물들이고 싶은 현재 진행형 아줌마. 보르도 아줌마.

스스로 아날로그 삶을 살고 있다고 생각한다. SNS보다는 종이에 끄적거리는 것을 좋아한다. 그래서 글씨가 예쁜 사람들을 보면 그게 참 부러웠다. 나도 이왕이면 예쁘고 깔끔하게 무언가를 적고, 그리고 싶었다. 스피치 클래스 단톡방 지인의 제안으로 시작된 '새벽 6시 긍정 확언 필사' 모임에 함께하게 되었다. '긍정 확언'보다는 '필사'에 마음이 끌렸다. 예쁘게 쓴 필사 노트를 휘리릭 넘겼을 때 보이는 정갈하고 깨끗한 기분을 느끼고 싶었다. 그렇게 시작된 100일간의 필사.

조용한 설렘이 시작되었다.

현관을 나설 용기

나에게 현관은 안도감을 주는 곳이다.

외출했다가 돌아오면 처음으로 만나는 현관. 주택에 살 때는 대문을 지나야 만나는 곳이지만, 아파트 생활을 하는 요즘은 엘리베이터에서 내리면 바로 마주하는 곳이 현관이다. 문을 열고 신발을 벗고 약간의 단차를 올라 발을 들여놓는 순간 왠지 모를 안도감을 느낀다.

프랑스 보르도에서 살던 집에는 내가 한국에서 살던 집과는 사뭇 다른 모습의 현관이 있었다.

현관문을 열면 집으로 미처 들어 갈 준비를 할 새도 없이 바로 마루가 나온다. 신발을 신고 생활하는 그들에게는 당연한 이 구조가 나에게는 너무나 낯설었다. 같은 높이, 같은 공간의 신발을 놓아두어야 하는 것이

영 불편했다. 게다가 뭔가 남겨 놓은 듯한 찝찝함이 한동안 뒤통수에 남아 있는 느낌도 힘들었다. 이 불편한 느낌을 극복하기 위해 내가 할 수 있는 것은 현관 바로 앞에 깔개를 깔고 옆에 신발장으로 쓸만한 선반을 두는 정도였다. 그래도 그 앞을 지날 때마다 보이는 모습에 여전히 불편한 마음이 드는 건 어쩔 수 없었다. 내 마음에 드는 모습이 아니었다.

나에게 '현관'은 새로운 것을 찾아 밖으로 나가는 기대감을 주는 장소라기보다는 안으로 들어오는 것에 대한 안도감을 느끼게 해주는 공간이었던 것이다. 그래서 나에게는 집으로 돌아올 때 만나는 현관이 나갈 때 지나는 현관보다 더 중요했다.

그렇다면 집을 나설 때 마주하는 현관은 어떤 느낌일까? 현관 앞에 서면 일단 집 안을 한 번 휘 둘러본다. 마치 다시 들어왔을 때 내가 안도할 수 있는 모습인지를 확인하려는 듯이 말이다. 뭔가 맘에 안 드는 모습을 뒤로했을 때와 흡족한 상태의 모습을 뒤로했을 때, 나의 하루는 다른 모습으로 전개된다. 현관은 그저 같은 모습으로 제 자리에 있을 뿐인데 그걸 대하는 내 마음이 이렇게 다르다.

문득, 나는 마음속에 이런 현관 같은 존재를 품고 산 것은 아닌가 하는 생각이 들었다. 무언가를 받아들이거나 꺼내 놓기 위해 거쳐야 하는, 오 랫동안 닫혀 있어 삐걱거리는 소리를 내는.

　나의 현관은 이제야 조금 열리기 시작한 것 같다. 빛이 살짝 들어올 정 도로 열린 문을 밀고 나가 문밖에 있을 무언가를 두려워하지 않을 용기. 그 용기를 얻기 위해 문 안에 있는 자질구레한 감정의 파편을 거두어 내 는 것이 지금의 내가 해내야 할 가장 큰 과제인 것 같다.

기다리면 얻어지는 것들

시간과 인내, 그리고 끈기만이 모든 것을 달성한다.

하버트 코프먼의 명언 중에서

포도나무의 라이프 사이클 중 가장 중요한 시기는 '베레종(veraison)'
이라는 시기이다. 이 시기에 접어들면 적포도 품종은 녹색 열매가 보랏
빛 검은색 열매로, 청포도 품종은 반투명한 황금색 열매로 변하기 시작
한다. 그리고 이때부터 포도에 당분이 가득 차기 시작한다. 포도의 당도
는 와인에 매우 중요한 역할을 한다. 당분을 가득 머금고 잘 익은 포도는
훌륭한 품질의 와인을 세상 밖으로 내보내기 때문이다.

포도 재배가들은 포도나무가 좋은 열매를 맺도록 하기 위해 묵묵히 온
힘을 다해 농사를 짓는다. 잠시도 한눈을 팔지 않고 오로지 포도의 생장
에만 집중한다. 붉은 태양에 질세라 자신의 열정을 모두 쏟아붓는다. 딱
알맞게 익은 포도를 수확하고 나면 포도는 이제 와인이 될 준비를 한다.

와인도 숙성에 몰입하는 시간이 필요하다. 오크 통에 담긴 와인은 적게는 수개월 길게는 수년 동안 숙성되기를 기다린다. 오크 숙성을 마친 와인은 이제 병에 담겨서 다시 숙성되는 시기에 들어간다. 와인을 찾는 누군가를 감동시키기 위한 마지막 단계다.

사람이 땅을 만들고 포도를 수확할 때까지 마음 졸이며 긴 시간을 기다리듯 포도 알맹이들이 탱크로 옮겨져 발효와 숙성을 거치는 그 과정 또한 눈에 보이지는 않지만, 절대 녹록지 않을 것이다.

나는 그들이 이러한 인내의 과정을 거치며 지향점을 찾아가는 모습이 멋지다고 생각한다. 숙연함과 환희를 동시에 선물하는 그 모습이. 사람도 포도도 자기 몫을 다하기 위해 그 긴 시간을 버텨낸다. 열정을 갖고 몰입하며 버텨낸 그 시간은 와인을 기다리는 사람들에게 진한 감동으로 다가온다. 한 번 감동을 받은 사람들은 반드시 그것을 다시 찾게 되어 있다.

타인에게 오래도록 여운을 남기는 감동을 줄 수 있는 삶이란 얼마나 멋있는가. 감동이란 쉽게 줄 수 있는 것이 아니다. 순간의 감탄을 자아낼 수는 있어도 그것이 오랜 여운의 감동으로 남는 경우가 얼마나 될까. 감동은 억지로 짜내거나 인위적으로 만들어지는 것은 아니다. 조급함을 버리고 묵묵히 진한 열정을 가지고 몰입한 후 얻어지는 결과가 비로소 빛을 발할 때, 뜨거운 감동을 불러일으킨다. 꼭 그럴싸하게 거창한 결과가 아니어도 좋다. 오랜 시간 몰입해서 만들어낸 작은 습관에도 누군가는 감동할 것이고, 이것은 또한 나를 감동하게 하는 일이기도 하지 않을까?

내 마음의 열정은 어떤 모습일지, 몰입을 통해 내가 줄 수 있는 감동은 어떤 것이 있을지. 그것은 나를, 또 타인을 감동하게 할 수 있을지. 오늘 또 하나의 열정을 조심스럽게 들여놓아 보자.

찰나의 사유

감히 당신 자신을 위해 생각하는 시간을 가지십시오.

볼테르의 명언 중에서

더운 여름밤, 남편과 함께 종종 집 가까이에 있는 수원 화성의 성곽을 따라 한 시간 남짓 걷곤 한다. 함께 걸으며 두런두런 이야기 나누는 시간이 좋다. 걸을 때 느껴지는 은은함이 좋다. 건강은 덤으로 따라온다.

봄, 여름, 가을, 겨울 사계절이 좋은 곳이다. 내가 수원을 좋아하는 이유다.

성곽을 따라 걷다 보면 행궁동이라는 동네가 나온다. 요즘 엄청나게 핫한 곳으로 부상 중이다. 불과 몇 년 전까지만 해도 이 동네에는 점집이 즐비해 있었다. 그랬던 곳이 지금은 주택을 개조한 다양한 카페와 식당, 바, 공방, 소품 가게 등이 그자리를 빛내고 있다.

성곽을 따라 걷다 보면, 맞은편에서 큰소리로 라디오를 듣거나 음악을 들으며 걸어오는 사람들과 마주칠 때가 있다. 이런 사람들과 마주치면 민폐라며 눈살을 찌푸리는 사람도 있다. 그런데, 가끔은 그렇게 들려오는 음악이 오히려 산책길을 즐겁게 만들기도 한다. 우연히 반가운 이를 만나는 것만큼 우연히 반가운 노래를 만나는 것도 즐거운 일이다.

아는 옛 노래가 들리면 추억에 잠겨 잠시나마 작은 소리로 함께 흥얼거리고, 댄스곡이 나오면 좀 더 경쾌하게 걷기도 한다. 또 트로트의 리듬도 이제는 싫지 않으니, 아줌마 버전으로 소심하게 박자도 맞춰본다.

그런데, 이 모든 것은 맞은편 사람과 교차하는 짧은 순간에 일어나는 일이다. 마주치기 전 2m, 마주친 후 2m. 잠깐 이렇게 스쳐 지나가는 순간이 나쁘지 않다고 생각하며 걷는다.

걷다가 문득 이런 생각도 해본다.

만약 이런 사람들과 같은 곳을 향해 걸어간다면, 나랑 나란히 걸어가는 상황이라면 어떤 느낌일까? 교차가 아닌 평행선 관계라면 어떨지 생각해 보았다.

그러면 그 좋던, 아득하던 감정은 이내 사라지고 점점 거슬릴지도 모르겠다는 생각이 들었다. '그것 좀 꺼 주실래요?' 라던가 '좀 작게 들으시면 안 될까요?' 라고 말해야 하나? 그럴 용기까지는 없다. 그렇게 말하는 대신 나는 조금 더 빨리 걷거나 느리게 걸어 어떻게든 그들과 멀어지려고 할 거다.

　우리네 인생에서 교차해서 좋은 것과 나란히 평행을 유지하면서 함께 할 때 좋은 것은 무엇이 있을까? 아마도 수없이 많은 순간이 나름의 이유를 가지고 교차와 평행을 반복할 것이다. 우리 삶은, 그래서 재미있는 것 같다. 가만있어 보자… 어쩌면 우리 삶은 재미있는 것투성이가 될지도 모르겠군! 오늘 내 인생에 재미 하나를 추가했다.

잘 지켜, 네 거야!

남을 부러워하는 것은 무식이며 흉내내는 것은 자살행위다.

랄프 왈도 에머슨의 명언 중에서

"아유, 뭐가 되려고 저러고 공부도 안 하고…."

예나 지금이나 아이를 둔 부모들 입에서 종종 나오는 말이다. 우리 부모님 세대, 그 윗세대, 이제는 우리 세대까지. 그리고 틀림없이 우리 아이들도 그들의 자녀들에게 이 말을 하겠지. 그게 세상 돌아가는 모습이라고 생각한다.

속을 끓이다가 남에게 한탄하듯 이렇게 말하면 으레 따라 들려오는 말이, '걱정하지마, 다~ 자기 몫은 가지고 태어난다더라.' 이다.

내 몫을 가지고 태어난다니, 이 얼마나 안심이 되는 말인가. 어쨌든 세상에 태어나면 주어질 내 몫이 있기는 하다는 말이니.

사전을 찾아보니, 몫은 '여럿으로 나누어 가지는 각 부분'이라고 한다.

각 부분 중 하나는 '내 것'이 된다는 의미일 텐데, 무엇을 얼마만큼, 어떻게 누구와 나누어 갖게 되는 것일까? 나누고 나서 어떤 부분을 갖게 되는 것일까? 과연 이 나눔이 공평하게 이루어지기는 할까?

문득, 여기서 말하는 몫이란 비단 '소유'를 의미하지만은 않을 거라는 생각이 들었다.

내가 해야 할 몫이라는 것도 있지 않은가? 다시 말해, '다 자기 할 일은 가지고 태어난다.'라는 말이 되기도 한다는 것이다. 어떻게 보면, 내가 '가져야 할 몫' 보다 내가 '해야 할 몫'이 먼저가 아닐까 싶기도 하다. 내가 할 몫을 제대로 하면 가져야 할 몫은 저절로 따라오는 것일 테니까 말이다.

나는 '내가 할게.'라는 말을 참 자주 했었다. 뭘 잘해서는 아니고 내가 해야만 할 것 같아서 그냥 내뱉는 경우가 더 많았다. 나는 하고 싶은 것도 참 많다. 요리, 공예, 손뜨개, 자수 등 나열하자면 끝이 없을 정도로, 하지만 마음뿐이지 실제로 이런 것들을 다 해본 것은 아니다. 그러기에는 용기도 재주도 없는 것을 스스로 너무나 잘 알고 있다. 하고 싶은 것과 잘하는 것은 별개니.

지금 하는 일도 그렇다. 현지에서 우연히 맛있는 와인을 마시고 그 매력에 푹 빠져서는 그 와인을 직접 들여오고 싶어 일을 시작했으니 말이다. 아무런 준비도 안 된 상태에서 '무모하게' 일을 시작했다. 여전히 진행 중인 좌충우돌이 가끔 버거울 때도 있지만, 재미있다. 즐겁다. 우연이 운명이 될 것인지는 아직 잘 모르겠다. 지금은 그저 해야 할 일을 하면서 앞으로 나아가고 있다.

지금 나에게 중요한 것은 하지 말아야 할 것을 알아차리는 것이다. 내 몫을 찾아 잘 해내기 위해 내 몫이 아닌 일들과 과감하게 이별하는 것. 그래서 어느 순간 어떤 것이 되었든 내가 가질 수 있는 몫을 온당히 가졌을 때의 그 기분을 느껴보고 싶다. 몫은 선택하는 것이다. 고개를 들어 주위를 한 번 둘러보자. 그리고 내가 해야 할 몫을 찾아보자! 내 몫이 아닌 것을 과감하게 가려내자.

향기를 건네다

단순한 선함이 아니라 목적있는 선함을 가져라.

헨리 데이비드 소로우의 명언 중에서

착한 게 미덕이라고 배웠고 생각했던 시절이 있다. '아무개는 참 착해.'
라는 이 한마디가 최고의 칭찬이라고 생각했다. 싫은 기색 없이 심부름
하거나, 양보하거나, 말대꾸하지 않고 그저 말을 잘 들으면 어른들에게
서 들을 수 있는 칭찬.

어린 시절에는 칭찬이라고 생각했던 이 말이 나이를 먹고 철이 들면서
점점 불편해졌다. 왠지 바보가 되어가는 느낌. '난 착하니까 이렇게 행동해
야지, 난 착하니까 이런 행동은 하면 안 되지, 이런 말은 하면 안 되지.'라는
생각이 내 무의식 속에서 나의 행동 하나하나를 통제한 듯한 느낌이었다.
이것이 착한 '척'으로 비치지 않기를 바라면서. 결국, 나는 이 '착하다'라는
말 안에 갇혀서 살았다. 마치 착한 아이 증후군을 앓고 있는 것처럼….

나는 착하지 않다. '착한 일'을 하면서 때로는 화가 나고 억울하고 짜증이 나고 심지어 가식적으로 느껴질 때도 있는 걸 보면, 절대 착하지 않다. 착한 행동을 하고도 마음이 좋지 않을 때가 있다. 그렇다고 다르게 행동하면 그 또한 마음이 불편하다. 정말 착한 사람은 자기 행동이 착한 행동이라는 것조차 인식하지 못하고 할 것이다.

어느 날 동생이 말했다. '언니, 나는 내 딸이 아주 약았으면 좋겠어. 그러니까 조금 싸가지없이 키울 거야. 착하면 손해 보는 것 같아.' 이 말을 한참 곱씹어 본 적이 있다. 착한 동생이 이런 말을 하는 것도 무리는 아니라는 생각이 들었다. 그러다 문득 우리 아이의 어린 시절에 있었던 에피소드가 떠올랐다.

아들이 어릴 때 함께 갔던 체험 학습장에, 손수건에 글씨를 쓰고 그림을 그리는 프로그램이 있었다. 남편과 나는 '착하고 건강하게 살아라.'라는 문구를 적어서 아이에게 주었다. 지금 생각해 보니 여기에는 '어떻게'라는 기준이 없었다. 어린 시절 착함의 미덕을 나는 여전히 마음 어딘가에 두고 있었나 보다. 다행히 아들은 그 안에 갇혀 살지는 않는 것 같다.

언젠가부터 우리 사회에는 '선한 영향력'이라는 말이 유행처럼 쓰이기 시작했다. 어떤 행동을 했을 때 그것이 주위에 긍정적인 영향을 주는 것에 그치지 않고 더 널리 확산하여 두루두루 미치는 것을 일컫는 말이다. 처음에 이 말을 접했을 때는 너무나 신선하다고 생각했다. 뭔가 눈이 맑아지고 마음이 개운해지는 느낌이라고 할까? 의도하지 않은 생각과 행동에서 좋은 향기가 난다는 건 정말 멋진 일이다. 물론 의도한 선한 영향력도 있다. 의도를 했든 안 했든 누군가를 좋은 방향으로 이끌기 위해 행동했다는 것이니까 '선한 의도'를 지녔다는 점에서 다를 게 없다.

배철현의 필사책 『심연』을 통해 알게 된 착함의 의미. '자신의 삶을 깊이 들여다보고 자신에게 소중한 것을 찾아 인내로서 지켜내는 행위'. 이 문장 앞에서 나는 고개가 숙여졌다. 그리고 뭔가 묵직한 뜨거운 것이 가슴을 채우는 느낌이 들었다. 나에게 소중한 것을 찾아 인내로 지켜낸 후 내가 퍼뜨릴 수 있는 향기는 어떤 것일지가 궁금해졌다. 그 소중한 것을 찾는 여정에 내가 있고 그것을 지키기 위해 나는 무엇을 인내해야 할까?

진정 착할 수 있는 삶을 만났을 때 어린 시절의 나에게 돌아가 말해주고 싶다. '너는 지금 좋은 향기를 낼 준비를 하는 거야. 그러니 불편해하

지 않았으면 좋겠어. 처음부터 향기를 가지고 태어나는 꽃은 없어. 꽃이

피면 비로소 향기가 날 테니.'라고.

원칙이 있어야 만들어진다

패션은 변합니다. 그러나 스타일은 변하지 않습니다.

코코 샤넬의 명언 중에서

'저 사람 스타일이 좋지 않니? 너 오늘 스타일 좋다! 이건 내 스타일이 아니야!' 등 살면서 우리는 '스타일'이라는 말을 정말 자주 사용한다. 문득 스타일의 뜻이 궁금해졌다. 인터넷 사전에서 'style'의 뜻을 찾으니 '방식'이라고 나온다.

앞의 말들을 스타일이 아닌 '방식'으로 대체해서 말해보면, '저 사람(옷 입는, 말하는, 행동하는) 방식이 좋지 않니?', '너 오늘(옷 입은, 화장한, 머리를 한) 방식이 좋다.', '이건 내(가 원하는, 좋아하는) 방식이 아니야.'

'스타일'에 익숙해져서인지, 어색하다. 가만히 생각해 보니 스타일은 단순히 '방식'을 대체하는 단어는 아닌 것 같다. 좀 더 많은 뜻을 함축적으로 담고 있는 단어인 것 같다.

철학가 배철현은 그의 저서 『정적』에서 '스타일은 자신이 헌신할 수 있는 삶의 원칙이자 문법'이라고 했다.

　내가 좋아하는 와인에도 스타일이 있다. 와인의 스타일은 기후, 토양, 산지, 품종, 양조 방법 등에 의해 결정된다. 이 중 양조는 사람의 손을 가장 많이 거치는 부분이다. 그래서 무엇보다 와인의 스타일은 그것을 만드는 주인을 닮는다는 이야기가 있다. 와인을 만드는 양조가의 철학이 반영되어 와인의 스타일이 만들어진다는 것이다. 작가의 말을 대입해서 생각해 보면, 양조가는 자신이 헌신할 수 있는 삶의 원칙(철학)과 방법을 이용해, 즉 그의 모든 것을 쏟아부어 와인이라는 예술 작품을 만드는 셈이다. 포도를 발효시키고 숙성해 병에 담은 후, 일정 시간이 흘러 시음 시기를 맞이한 와인의 마개를 열었을 때, 그것이 어떤 모습을 보여줄지 완벽하게 알 수는 없다. 그러나, 최소한 그는 그만의 철학을 가지고 믿고 기다렸기에 불안하지 않을 것이다. 눈을 감고 입에 와인을 한 모금 머금는 순간, 눈앞에 작은 포도송이가 훌륭한 와인으로 변하는 과정이 파노라마처럼 그려진다. 동시에 양조가가 보여주고자 하는 그 철학을 눈과 코와 입으로 음미할 수 있다. 그러면 비로소 그 와인의 스타일을 나름대로 정의할 수 있게 된다.

내가 내 삶의 양조가라면, 나는 무엇을 헌신하여 어떤 원칙과 문법을 만들어내고 있는 것일까? 내 삶은 어떤 스타일로 만들어지고 있을까? 그것이 이도 저도 아닌 그저 한평생 살다가는 그런 인생이 되는 건 아닐지, 지금의 나로서는 알 수가 없다.

지금 나에게는 내 삶을 발효시키고 숙성시킬, 그래서 나만의 스타일을 만들어 낼 원칙과 문법을 준비하는 시기가 필요하다. 그리고 그것을 의심 없이 믿고 나아가는 마음이 지금 내게 필요하다.

이것도 빼고 저것도 빼고

단순해지려면 생각을 명쾌하기 위해 노력해야 합니다.
일단 단순함에 도달하면 당신은 산을 옮길 수 있기 때문입니다.

스티브 잡스의 명언 중에서

'무언가를 간단하게 설명하지 못한다면 당신은 그것을 잘 모르는 것입니다.'

정곡을 찌르는 문구! 알베르트 아인슈타인의 말이다.

아…! 나이 40대 후반이 되어서야 나를 규정짓는 단어 두 개를 찾았다. 그것은 바로 '장황함', '어중간함'이다. 대화 중에 '그래서 요점이 뭐야?'라는 말을 듣곤 했다.

얼마 전, '한석준 아나운서의 스피치살롱'에서 있었던 일이다. 3명이 한 그룹이 되어 서로의 이야기를 듣고 본인 대신 상대방을 소개하는 내용의 프로그램이 있었다. 같은 조에 속해 있던 두 사람의 이야기를 아주 재미있게 들었다. 나름대로 어떻게 소개할지에 대해서 머릿속으로 그려가면서 이야기를 들었다. 주어진 시간이 지나고 발표 시간이 돌아왔다. 발표에 주어진 시간은 단 2분. 내가 들은 그 사람의 대단한 이야기를 청중들에게 들려줄 생각에 가슴이 두근거렸다. 드디어 내 순서가 되었다. 처음 시작은 나쁘지 않았다. 그런데, 중간에 말이 잠깐 꼬여서 시간을 많이 잡아먹었다. 그 바람에 상대의 '대단한 점'을 다 소개하기도 전에 시간이 끝나버렸다. 너무나 미안하고 부끄러웠다. 한석준 아나운서가 나에게 물었다.

"왜 시간이 모자랐다고 생각하세요?"

"중간에 단어를 적절하게 사용하지 못하는 바람에 말이 꼬이면서 엉망이 된 것 같아요."

"그 시간은 빼고 더 드렸습니다."

"…"

순간 멍했다. 시간을 더 주셨다고? 정말? 믿을 수 없었다. 모든 사람의 발표가 끝나고 전체 피드백 시간이 되어서야 비로소 내 문제점이 무엇인지 알 수 있었다.

'무지'와 '욕심'에서 비롯된 장황함!

하고 싶은 이야기가 있으면 앞뒤 설명을 하는 것이 필요하다고 생각했다. 어떤 사건이 있는데, 그 사건의 배경은 이렇고, 그 후의 상황은 이렇고, 어쩌고저쩌고….

내가 전하고 싶은 내용을 빠짐없이 다 이야기하고자 하는 욕심 때문에 오히려 배가 산으로 가곤 한다. 잘 모르는 것을 이야기할 때, 정답이 아닌 줄 알면서 여기저기서 말을 끌어와서 이어가다 보면 '내가 도대체 무슨 말을 하는 거지?'라는 생각이 들어도 쉽게 끝낼 수가 없다. 그렇게 무지의 밑바닥을 드러내고 마는 거다.

문제점을 알았으니, 반은 온 건가? 이날 깨달은 교훈을 내 삶에 적용해보고자 우선 주위의 불필요한 물건들을 정리하기로 했다. 안 입는 옷과 쓰지 않는 물건을 나누고, 추억이라는 이름으로 구석에 '모셔'두었던 잡다한 것들을 골라내고, 가방 안의 물건들을 정리했다. 그리고, 냉장고에 식자재 쟁여두는 것을 그만두었다. 눈에 보이는 일상을 단순화하는 것부터 시작했다.

필요와 불필요를 구분하여 차근차근 내 삶을 최적의 상태로 만들기 위한 준비가 시작되었다.

어디로 가야 하나요

인간은 인생의 방향을 결정할 규칙을 가지고 있어야 한다.

존 웨인의 명언 중에서

산악인들이 산에 갈 때 혹시 길을 잃었을 경우를 대비해 꼭 챙겨가는 물건 중에 나침반이 있다. 목적지까지 안전하게 도착하기 위한 것이다.

내가 나침반을 본 건, 초등학교 과학 시간뿐인 것 같다. 그때는 그저 동그란 플라스틱 용기에 들어있는 작은 바늘이 방향을 알려준다는 사실이 신기했다. 그렇게 잠깐의 신비함을 느끼게 했던 나침반을 볼 일이 이후에는 굳이 없었다. 나침반은 나에게 그런 존재였다. 그도 그럴 것이 나는 산을 오를 일이 별로 없을뿐더러 혹여 오르더라도 그저 앞 사람, 옆 사람이 가는 길을 따라가면 그만이었기 때문이다. 그 길이 맞는지 아닌지도 모른 채 그렇게 남들 가는 대로 따라가면 큰 문제는 없었다.

언젠가 이런 생각을 한 적이 있다.

누군가 '당신이 가야 할 길은 이 길입니다.' 하고 정해주면 좋겠다고, 그러면 나는 그 길을 아주 열심히 따라갈 자신이 있다고. 내가 갈 길을 알려주는 나침반 같은 존재가 있으면 세상 걱정이 없을 것 같았다. 뭔가 망설여지고 갈팡질팡하고 앞이 안 보이는 안개 속에서 헤매듯 선명하지 않을 때, '내가 가야 할 옳은 방향'을 알려주는 그런 존재.

과연 그런 것이 있을까? 지금 생각해 보니 어리석은 생각이었다. 내 인생인데 왜 남이 정해주기를 바라고 있었을까. 돌부리에 걸려 넘어지는 것도 나여야 하고, 힘들게 오른 산에서 시원한 바람을 맞이하는 것도 나여야 하고, 젖은 길로 갈지 마른 길로 갈지, 경사가 급한 곳으로 갈지 완만한 곳으로 갈지 정하는 것도 나여야 한다. 가다가 눈앞에 낭떠러지가 나타나면 어떻게 할 것인지 정하는 것도 내 일이다. 나침반의 바늘이 가리키는 방향이 옳은지 아닌지 판단하는 것도 나여야 하고, 그 판단의 시비에 대해서 책임지는 것도 나여야 한다. 하루든 한 달이든, 혹은 평생이든 나에게 방향을 알려주는 건 내 손에 들려 있는 나의 나침반이어야 한다. 그러므로, 그 안에서 움직이는 바늘 끝이 가리키는 곳이 내가 바라보는 그 방향과 일치했으면 좋겠다.

나만이 알 수 있는

당신은 독특한 존재로 태어났다. 사본으로 죽지 말라.

존 메이슨의 명언 중에서

혼자 있는 시간, 와인 잔 속에 담긴 와인을 물끄러미 보고 있으면 '너 참 예쁘다. 우리 둘뿐이니 친구나 할까?' 하고 말을 걸고 싶어진다.

'색이 참 곱기도 하다. 넌 어디서 왔니? 어떤 세월을 지나왔니? 나에게 어떤 이야기를 들려줄래?' 하고.

와인은 어릴 때도 마시지만 시음 적기에도 마시고 시간을 더해 숙성되기를 기다렸다가 마시기도 한다. 각각 저마다의 고유한 멋을 지니고 있다.

어린 레드 와인은 보라색에 가까운 모습을 보여주고 시간이 지나면서 루비, 가넷, 벽돌색으로 점점 연하게 변해간다. 반대로 화이트 와인은 푸른빛을 띠는 옅은 레몬색에서 황금색, 호박색으로 시간이 지나면서 색이 더 진해진다. 잔 속에 담겨서 영롱하게 빛을 내는 와인은 눈을 즐겁게 해준다.

이끌리듯 잔에 코를 가져다 대면 이번에는 색이 아닌 향기로 나에게 말을 거는 듯하다. 단순한 향을 내는 와인도 있지만 정말 신기하게도 아주 복합적인 향이 하나씩 하나씩 피어오르기도 한다. 갖가지 과일 향으로 코를 간지럽히다가 꽃 향으로 유혹하며, 가끔은 향신료가 코를 찌르는 듯하고, 습기를 머금은 숲길을 걷는 듯한 착각을 불러일으키기도 한다. 기분 좋은 삼나무 향으로 마음을 달래주기도 하는가 하면 묵직한 시가나 가죽 향으로 자기를 뽐내기도 한다. 가끔 마시는 황금빛 귀부 와인에서 풍기는 진한 꿀 향은 마음을 녹인다. 잔잔하게 때로는 도도하게 향기를 풍기는 모습이 얄궂어 잔을 한 번 돌려주면 이번에는 안에 잠들어 있던 다양한 아로마나 부케 향이 서로 질세라 회오리처럼 뿜어져 나온다. 대놓고 '난 이런 와인이야~' 하고 대시를 하는 아이가 있는가 하면, 좀처럼 자신을 내보이지 않아 조급함을 버리고 오랜 시간을 기다려야 비로소 천천히 다가오는 아이도 있다. 상큼하고 발랄한 프리티우먼이 떠오르는가 하면 천의 얼굴을 지닌 메릴 스트립이 느껴질 때도 있고, 조지 클루니 같은 중후한 분위기의 남성이 그려질 때도 있다. 이렇게 코를 마비시키며 기분 좋은 상상을 하게 만든다.

입 안에서는 또 어떤가. 찌르는 듯하거나 부드러운 산미, 잘 녹아 들었거나 강하게 어필하는 타닌, 입안 여기저기 부딪히는 풍미, 헤어지기 싫은 마음에 끝까지 길게 남기는 여운까지.

눈으로 들어와 목으로 넘어갈 때까지 어쩌면 이렇게 저마다의 모습으로 사람을 황홀하게도 하고 당혹스럽게도 하며 아쉽게도 만드는지.

사람 손으로 만드는 와인이 이럴진대, 그걸 만드는 사람은 어떠하랴.

이제 막 성인이 된 청춘들의 풋풋함, 당참, 신선함, 거침없음.

중년의 무게감, 중후함, 신중함, 인내, 고집, 단단함.

노년의 유려함, 느긋함, 고풍스러움, 편안함, 너그러움.

각각 고유한 멋을 지니고 있다.

나는 이왕이면 좋은 향기를 뿜으며 서서히 물들고 또 물들이고 싶다. 뻔하지 않아 보면 볼수록 알고 싶고 오래 보고 싶은 사람이 되고 싶다. 내가 거쳐온 삶이나 나의 나이 들어감을 궁금해하면서도 만나는 바로 그 순간의 나를 가장 좋아했으면 좋겠다. 내가 와인을 마실 때 그러한 것처럼!

와인을 마시는 내가 그보다 더 매력적이면 좋겠다는 욕심이 생긴다. 나의 고유함을 지닌 내가 와인보다 더 아름다운 삶을 살 수 있기를 바라는 욕심과 함께.

다른 거지 틀린 게 아니야

당신이 이해하지 못한다고 해서, 그것이 틀린 것은 아니다.

로이 T. 베네트의 명언 중에서

'틀린 게 아니고 다른 거야!'

어느 순간 나는 강박적으로 '다르다'와 '틀리다'를 구분해서 사용하게 되었다. 그리고 다른 사람들이 이것을 혼용해서 말할 때 큰 불편함을 느끼곤 한다. 차마 상대를 향해, '틀린 게 아니라 다른 거지.'라고 소리 내 말은 못 하지만, 마음속으로 그의 문장에 있는 '틀리다'를 '다르다'로 수정하고 있었다. 말 그대로 '틀리다'라는 말은 '당신의 생각은 틀렸고 내가 옳아요. 그러니 내 말대로 하세요.'라는 의미로 나 이외의 모든 것을 부정하는 것이다. 반면 '다르다'라는 말은 '당신과 나는 이것이 다르군요.'라는 의미로 나와 상대를 모두 인정하는 것이다.

서로 다르다는 것을 받아들이지 않으면 다름은 오류, 곧 틀림이 된다. 종이 한 장 차이로 50 : 50이 아니라 100:0 또는 0 : 100이 되는 것이다.

다름을 인정하면 좀 더 합리적인 관계를 맺을 수 있게 된다. 가깝게는 가족 간의 관계가 그렇다. 나의 부모는 나와 다를 뿐이지 틀린 것은 아니다. 나는 나와 다른 남자를 만나 결혼한 것이지, '틀린 남자'와 결혼한 것이 아니다. 나는 나와 다른 '자녀'를 갖게 된 것이지 '틀린 자녀'를 갖게 된 것이 아니다. 물론 가까운 사이라고 해서 '다름'이 쉽게 인정되는 것은 아니다.

상대가 틀렸다고 규정하는 나의 편협한 생각은 그 틀린 점을 바로잡아야 한다는 고집으로 굳어져 우리 사이에 균열을 만들고 만다. 서로를 구별하여 하나의 개체로 인정하지 않으면 삐걱거리기 시작하고, 이것이 계속되면 균열이 생기는 불안정한 관계가 되는 것이다. 살면서 나는 그 고집이 사실은 다름을 인정하기에 싫은 어리석은 마음이었다는 것을 자연스럽게 깨닫게 되었다.

서로 다름을 인정하기 위해서는 서로에 대한 관심이 필요하다. 단정 짓기보다는 시간을 들여 관심을 가지고 살펴야 한다는 것이다. 그러다 보면 틀렸다고 생각했던 일련의 행동이나 생각이 서로 연결되면서 그 '다름'을 이해하게 되는 경우가 있다. 물론 이렇게 되기까지의 과정이 쉬운 것은 아니다. 게다가 완벽하게 인정하거나 이해할 수 있는 것도 아니다.

다만, 노력하고 안 하고의 차이는 크다. 전보다 더 듣고, 더 들여다보고, 더 생각하니 내가 편해진 것은 사실이다. 남편의 다름이나 아이의 다름에 더 이상 조바심이 나지 않는다. 이렇게 나는 나와 남편과 아이를 구별할 줄 아는 지혜가 생겼다.

사람과 사람 사이의 관계는 단순 수학 공식에 숫자를 대입해서 얻어지는 것이 아니다. 정답이나 오답이 있을 수 없다. 그러니 쉽게 규정하지 말자. 정성을 들여 완성한 작품들의 저마다 다른 고유한 멋을 발견하고, 거기에 찬사를 보낼 수 있는 세련된 자세, 우리가 삶을 대할 때 필요한 것 아닐까?

보르도 아줌마의 긍정 확언

1. 기적을 바란다면 움직여라. 기적은 일어나는 것이 아니라 만들어 가는 것이다.

2. 팩트 체크. 내 마음속 부정적인 감정을 빼니 긍정적인 감정만 남았다.

3. 옳은 답을 얻기 위해서 옳은 질문을 던지는 연습을 하자. 틀린 질문에 달린 정답은 좋은 답일 수 없다.

4. 걱정하는 대신 생각하고 또 생각해라. 다만 길 잃은 생각에 빠지지 않도록 경계해라.

5. 우리는 저마다 빛나는 작은 우주이다. 삶을 포기하는 것은 작은 우주 하나를 통째로 버리는 것과 같다. 이 작은 우주를 지켜낸 것만으로도 우리의 삶은 이미 성공한 것임을 기억하자.

6. 작은 생채기가 온몸의 통증을 불러오기도 하고 작은 위로가 어제와 다른 오늘을 선물하기도 한다. 그래서, 다시 생각해 보건대 사소한 것은 '중요한 것'이다.

7. 삶을 변명으로 마무리하고 싶지 않다면 나를 위해 마련된 무대에서 마음껏 연기를 펼쳐 볼 용기를 가져보자.

8. 신이 인간에게 준 가장 위대하고 잔혹한 선물, 그것은 양심이다.

9. 채로 모래를 걸러 사금을 찾듯 하루하루 정성스레 살다 보면 어느 날 드디어 금맥을 찾게 될 것이다.

10. 간격이 흔들리는 순간 관계는 무너지고 질서는 어지러워지며 친절은 무례가 되고 감동은 부담이 된다.

맺는말

    100일간의 필사를 하면서 처음에는 글씨의 모양에 집중해 적어 내려가며 뿌듯해했다. 그러나 점점 글씨의 모양보다는 글의 내용에 더 마음을 기울이게 되었다. 쓰면서 공감하고, 이해하고, 감탄하며 때로는 번뇌하는 나를 만나는 시간이 감사했고 예뻤다. 필사를 통해 나는 내 안의 여러 감정과 만날 수 있었다. 그리고 그 감정들을 삶에 투영시키고 녹이고자 했다. 그것들을 글로 표현했다. 글로 쓰니 내 감정과 막연한 생각들이 구체화되기 시작했다. 함께 필사를 시작한 이들과 함께 새벽 줌 모임에서 마음을, 감정을 풀어놓기 시작했고, 그 이야기들을 모아 책으로 펴내면 어떨지 하는 이야기를 했다. 그리고 드디어, 우리의 성장 이야기가 세상에 나오게 되었다. 필사의 첫 번째 기적이 선물 같다.

　어릴 때부터 망부석처럼 지켜 온 장래 희망은 선생님이다. 그 꿈을 놓지 않고 사교육업계에서 아이들을 만나며 이들의 별빛 미래를 응원하는 17년 차 독서 지도사이다. 더불어 독서 코칭 전문학원 '㈜책나무'에서 신규 원장님들을 교육하며 원장님들의 꿈이 꿈으로만 남지 않도록 지원하는 일을 하고 있다. 이 일은 일종의 나의 사명감이다.

　돌아가는 접시 위에서 균형을 잡듯 두 아들의 엄마인 '나'와 크고 작은 조직 속의 '나'를 번갈아 가며 열심히 살고 있다. 또한 일상에 감사를 느끼고 소소한 일에도 감동하며 살길 기대하는 중이다.

　오래전부터 필사했다. 순식간에 휘발되어 버리는 아름다운, 또 강력한 문장과 표현을 꽁꽁 붙잡아 두기 위해서다. 어느 날, 스피치 단톡방에 필사 인증 멤버를 모집한다는 글이 올라왔다. 필사의 긍정적인 효과를 이미 알고 있으니 마다할 이유는 없었다.

　필사를 필사적으로 했다. 스스로 혹독했던 건지 더 유익한 방법을 찾은 건지 지금 생각해 보면 애매하지만, 매일 다른 책에서 필사할 구절을 찾아 쓰기 시작했다. 100일간 90여 권의 책을 통독했다. 이 과정은 내면의 힘을 기른 동시에 힘든 시간이기도 했다.

　이렇게 100일간 '필사적인 필사 노트'를 완성했다. 이 필사 노트는 내 생각의 마중물이 되어 주었다. 노트를 꺼내 되새김질하며 글을 쓰는 이 순간이 또 다른 필사 과정이다.

　내 삶이 필사되는 순간이다.

당신의 공간은 안녕하십니까?

> 쓸모도 없는 물건을 계속 보관하고 있는 것, 이게 낭비다.
> 공간을 채우느라 공간을 잃는다.
>
> 도미니크 로로의 『심플하게 산다』 중에서

나는 물건을 잘 모은다. '모은다'라기보다 잘 버리지 못한다는 게 더 정확하다. 물건을 잘 버리지 못하니 스스로 '일상 수집가'라 여겼다. 김춘추 시인의 <꽃>이라는 시의 구절처럼 내 손에 들어온 물건을 '잊히지 않는 하나의 의미가 되고 싶다'로 여겼다. 물건에 의미를 부여하여 마치 내 영혼의 단짝으로 생각하고 있었다.

초등학생 때부터 친구와 주고받은 쪽지부터 연애편지, 제자들에게 받은 편지 등 각종 추억의 물건이 신발 상자 크기로 5개가 있다. 결혼 후, 네 번 이사를 했다. 이삿짐 정리를 할 때마다 신랑의 눈총을 받으면서도 이 상자를 꾸역꾸역 챙겼다.

이뿐만 아니다. 잘 버리지 못하는 성격 탓에 내 옷은 우리 집 옷장의 50

퍼센트가 넘는 지분을 차지하고 있다. 그럼에도 계절이 바뀔 때마다 왜 마땅히 입을만한 옷이 없는지는 알다가도 모를 일이다. 계절이 바뀌었고, 유행도 따라가야 하니 새 옷을 장만한다. 겨울 양식을 모은 다람쥐처럼 뿌듯해하다가 새 옷을 어디에 걸어야 할지 난감해진다. 새로 전학 온 아이가 자기 자리를 쭈뼛쭈뼛 찾아가듯 옷장 앞에서 서성이며 한참을 보다가 걸려 있는 옷을 옆으로 밀고 밀어서 겨우 공간을 확보한다. 나의 공간이 안녕하지 못한 상태임이 분명했다.

이 책을 필사하던 당시 또다시 이사를 앞두고 있었다. 평수를 줄여서 가는 상황이라 해가 갈수록 늘었던 집안의 물건이 가슴 한편을 꼭 막고 있는 듯했다. 그때 만난 이 필사 구절은 나에게 건네는 소화제 같았다. 언젠가는 쓸 거라 생각하며 바짓가랑이 붙잡고 끝까지 놓아주지 않았던 물건들에게 이별을 고하기로 했다. 살 빠지면 입겠다던 옷가지들, 몇 년째 입지 않은 유행 지난 옷을 과감하게 정리했다. 책장 한쪽을 차지하고 있던 먼지 쌓인 전공 서적도 이젠 안녕. 수납장에서 수년째 꺼내 쓰지 않은 그릇도 예외가 아니다.

새집에 걸맞은 다이어트를 했다. 이제서야 내 공간이 보호받았다. 집이

창고가 아닌 안락한 공간이 되고, 쉼터가 되었다.

　더욱 놀라운 사실은 공간에 여백이 생기니 내 생각과 내 마음에도 여유가 생겼다. 어쩌면 빈틈없는 완벽함보다 '약간의 허당미도 괜찮지 않을까?' 하는 생각이 들었다. 이 틈새로 누군가가 내 마음속으로 들어올 때 놀라지 않고 기꺼이 환영하고, 어설픈 내 말과 행동도 용기 있게 마주할 수 있게 한다.

　무늬가 없어 밋밋해 보였던 달항아리가 왜 아름다운지 알 것같다. 여백이 있어야 진정한 아름다움을 느낄 수 있다.

　버리자.

　그리고 그 자리에 여백을 채우자.

살면서 수학을 배우는 이유

사자가 말을 할 수 있다고 하더라도
우리는 그 말을 이해할 수 없다.
삶의 방식이 다르기 때문이다.

채사장의 『지적 대화를 위한 넓고 얕은 지식』 중에서

어쩜 이렇게 나와 다르지?

사람들을 만나다 보면 상대가 나와 참 다르다는 것을 많이 느낀다.

언제부턴가 요즘 세대를 MZ 세대라고 부르기 시작했다. 예전에는 X, Y 세대라고 했다. 같은 세대라는 것이 확인되면 우리는 동질감을 느낀다. 당신은 X 세대인가? Y 세대인가? 아니면 MZ 세대? 그런데 이 말은 효율성과 경제성의 논리가 만들어낸 부산물이 아닐까 한다. 행동 양식을 통계적으로 나타낼 뿐 같은 세대라 하여 모든 생각이 같을 수 있을까.

사회생활 중 '상식적으로' 이해가 되지 않는 사람들을 종종 만난다. 나와 다른 신념과 생활양식을 가진 사람들을 만날 때마다 그들을 받아들이지 못해 산통 같은 고통을 느낄 때가 있다. 그러다가 '그래, 그래야 이 사회가 발전하는 거지. 나와 비슷한 생각을 하는 사람만 있으면 이 사회는 퇴보할 거야.'라며 애써 이해의 폭을 넓히며 나의 정신 건강을 챙겼다. 우리에게는 각자의 확대경이 있다. 어디에 시선을 두고 자세히 들여다볼지는 각자의 선택이지만 서로의 다른 점에 확대경을 대지 않아야 한다. 다른 점에 확대경을 대는 순간, 다른 점은 반갑지 않은 이마의 여드름처럼 우리를 불편하고 찝찝하게 한다. 뉴스에서 보던 '두 당의 입장 차이만 확인하는 시간이었다.'가 되어 버린다.

필사를 한 이후, 나와 상대의 같은 점을 열심히 찾아보기로 했다. <젓가락 행진곡>처럼 '무엇이 무엇이 똑같을까'를 부르니, 공통점이 보이기 시작했다. 내 생각을 바꾸는 순간 다른 점은 작아지고 같은 점이 커지는 효과를 보게 되었다. "저는 BTS를 좋아해요.", "저도 아미예요.", "아이가 몇 학년이에요?", "우리 아이도 3학년이에요." 같은 점을 찾으면 한결 마음이 편안해진다. 가능한 서로의 공통점을 빨리 찾는 게 관계 형성과 유지에 좋다. 눈을 씻고 봐도 다른 점만 보이고, 같은 점을 찾기 힘들더라도 상대의 행동이 도의적으로 어긋나지 않는다면 포용력을 갖추는 것이 필요하다. 앞에서 말한 것처럼 나와 다른 생각이 우리 사회를 더욱 발전시킬 수 있기 때문이다. 특히 직장 내에서나 가족 간에 의견이 충돌할 때 이렇게 해도 되고, 저렇게 해도 되는 상황에서 괜한 고집을 부릴 때가 있었다. 그때 한 발짝 물러나서 '이런들 어떠하리, 저런들 어떠하리.' 생각하니 마음이 훨씬 편안해졌다. 상대가 왜 그런 생각을 하는지 그 이유를 생각해 보면 충분히 이해할 여지는 있었다. 내 주장이 무시당하는 것이 아니다. 서로의 생각을 존중하고 타협하는 과정이라 생각하면 자신의 포용력에 엄지척을 들어줄 수 있다.

　우리 아들이 4학년 때, 수학 시간에 분수를 배웠다. 분모가 다른 두 분수를 더하고 뺄 때는 분모를 먼저 통일시켜야 한다는 것을 배운 후, 분모를 먼저 확인했다. 5학년인 지금은 수학 시간에 두 자연수의 최소 공배수, 최대 공약수를 찾는 공부를 하고 있다. 인생은 수학 공부와 같다. 우리가 만나는 사람과 나 사이에 공통 분모를 먼저 만들어야 문제가 풀린다. 또한 서로 다른 나와 상대의 생각에서 최소 공배수와 최대 공약수를 찾아야 실수를 면할 수 있다.

　드디어 학교에서 수학을 배우는 이유를 찾았다.

태양은 스스로 빛난다

링컨은 편지의 첫 부분에 다음과 같이 썼다.
"모든 사람은 칭찬을 좋아합니다."

데일리 카네기의 『인간관계론』 중에서

이 글을 필사하면서 내 안에 숨기고 있던 것을 들킨 기분이었다. 지금 껏 내 삶의 동기가 '칭찬받기'에 있었음을 깨달았다. 노력하며 이루어 낸 수많은 일들은 칭찬에 대한 갈망이었던 것일까. 첫걸음마를 떼기 시작한 순간, "잘했어!"라는 말을 들으며 다음 발을 한 번 더 내디뎠다. 아마도 그 랬을 것이다. 방학하는 날, '수'가 적힌 생활 통지표를 들고 어김없이 엄 마에게 달려갔다. "아이고, 잘했네!" 엄마 말씀에 열심히 공부할 동기를 얻었다. 음식을 차려서 가족에게 대접했다. "우와, 맛있어요." 남편과 아 이들의 이 한마디는 내가 요리책을 뒤적이고 장바구니를 들고 마트로 향 하게 했다. 칭찬의 달콤한 맛을 느끼니 스스로 칭찬을 좋아하는 사람이 되었고, 더 잘하고 싶은 욕심을 품게 했다. 내가 잘하는 것이 무엇인지 모 르겠지만 그냥 주어진 일에 최선을 다하고 들은 칭찬은 잘살고 있다는

지표가 되었다.

필사를 통해 굶주린 사자가 먹잇감을 찾아 나서듯 누구에게나 칭찬받고 싶은 욕구가 삶의 무기나 동기가 될 수 있겠다는 생각을 했다. 우리 모두에게 이러한 갈망이 있다면 잘된 일이 아닌가. 나의 갈망과 다른 이들의 갈망이 같으니 서로 아낌없이 칭찬을 해주다 보면 서로 건설적인 관계가 될 수 있다. 학창 시절 도덕 시간에 배운 '사이 좋은 친구'의 출발이 되는 것이다. 가는 말이 고우면 오는 말도 체에 걸러진 고운 가루처럼 부드러워질 수 있다. 이때 필요한 것은 상대의 장점 또는 강점을 매의 눈으로 찾아내는 예리함이다. 당연한 것은 없다. 상대가 베푸는 마음에 감사함을 찾아내면 칭찬 거리가 보이기 시작할 것이다.

서로를 칭찬하는 것에서 나아가 칭찬의 대상과 주체를 바꿔보면 어떨까. 칭찬의 주체는 '남'이 아닌 '나'가 되는 것이다. 타인에게 칭찬을 갈구하는 것이 아닌 자신에게서 칭찬을 찾아내는 것이다. 자신에게 받는 칭찬이 훨씬 더 강력하다. 물론 자부심을 가장한 자만과 교만에 빠지지 않는다면 말이다. 어제의 나와 오늘의 나를 비교하는 것이다. 우연히 이루어 낸 성과를 경계하며 노력한 모든 것에 스스로 찬사를 보내주면 된다.

다시 말해, 우리가 추구해야 할 칭찬은 자기 주도적인 칭찬이다. 공부에서만 자기 주도가 필요한 것이 아니다. 남이 나에게 해주는 칭찬은 덤이고, 내 안에서 시작된 칭찬이 진짜다.

태양계 행성이 태양을 중심으로 도는 이유는 다른 행성과 달리 태양은 스스로 빛을 내기 때문이리라.

우리도 태양처럼 스스로 빛난다.

비비드스럽게

> 당신의 꿈을 시각화하라.
> 생생하게 꿈꾸고 글로 적으면 현실이 된다.
>
> 이지성의 『꿈꾸는 다락방』 중에서

친한 친구가 개명을 했다. 소개팅 자리에서 상대를 바라보는 것만큼이나 그 친구의 이름을 부르는 것이 어색하여 한동안 그 친구의 이름을 부르지 못했다. 그런데 개명한 이름을 많이 불러줘야 좋다는 말을 듣고는 그 친구를 위해 겨우 불러주기 시작했다.

이름은 단순히 글자 혹은 낱말 이상의 의미를 지닌다. 이름을 부르는 순간, 그 사람과 관련된 모든 기운이 동시에 나에게 전달되어 오는 듯하다. 그러고 보면 이름에는 상대의 기운이 담겨 있다는 말이 일리가 있다. 온라인 카페나 채팅방에 들어갈 때는 자신의 이름을 대신할 닉네임이 필요하다. 일종의 가면과 같다. 가면을 쓰고 배경을 가린 채 노래를 해야 하는 예능 프로그램처럼 닉네임은 베일을 쓰고 배경을 감춘다. 뿐만 아니라 소망이나 신념, 가치관이 담겨 있기도 하다. 그 사람의 배경을 제외한 채 닉네임을 통해 그 사람을 가늠해 볼 수 있으니, 닉네임도 쉽게 지을 일이 아니다.

이 닉네임이 이름만큼 소중하다는 것을 필사를 통해 느꼈다. 나의 닉네임인 '비비드'는 이 필사책에서 따왔다. 2002년 월드컵의 명장면 중 하나인 '꿈은 이루어진다'라는 카드 섹션처럼 내 꿈을 시각화하면 그 꿈이 이루어진다니! 이 얼마나 설레는 일인가. 어렴풋이 보이던 나의 꿈을 선명하게 찾고 싶었다. 비비드라고 불릴 때마다 나의 소망을 환기해주었다. 나를 포함한 우리 5명이 들어가 있는 스피치 오픈 채팅방에는 현재 누적 인원이 900여 명이다. 그들은 나를 비비드라고 불러주었고, 그때마다 꿈의 기운이 눈덩이처럼 뭉쳐지는 것 같았다.

자신의 능력을 믿지 못해 두려움에 빠진 사람들을 보면 안타까울 때가 있다. 회사 업무를 보다 보면 종종 이런 사람을 만난다. "제가요? 제가 할 수 있을까요?", "저는 아직 부족해요."라고 스스로 한계를 짓는다. 그들이 용기와 확신을 가지고 잘할 수 있도록 격려하며 가능성을 믿도록 도와주고 있다. 주어진 일을 잘 해내고 나면 "거 보세요. 이렇게 잘하실 줄 알았어요."라는 말이 절로 나온다.

지속적인 동기를 위해서는 이렇게 누군가의 격려도 도움이 되지만 스스로 시각화하는 것이 필요하다. 누구보다 가장 설득이 필요한 사람은 나 자신이기 때문이다.

　빨래판 복근을 원한다면 근육남의 사진을 벽에 붙여 놓는 것이다. 건물 주인이 꿈이라면 전원주택 사진을 들고 다니면 된다. 생각으로만 그치지 말고 현실화한 모습을 시각화하며 그려보는 것이다. 내가 들고 다니는 사진은 큰 무대에 서서 강연하는 모습이다. 큰 무대에 서서 당당하게 또 멋있게 말하는 강연자를 보면 마구 설렌다. 내가 할 수 있을까? 하는 두려움은 내려놓고 지금은 꿈에 집중하고 싶다. 할 수 있다는 자신감과 확신은 무의식의 자아를 건드려 준다. 긍정 확언과 필사는 이렇게 의식하지 못하는 무의식의 사고를 단단하게 다듬어 주었다. 우리는 우리가 기대하는 대로 얻을 것이다.

　누군가 그랬다.

　간절하면 이루어지는 게 아니라 하면 이루어진다고

　꿈꾸자! 생생하게! VIVID스럽게!

우리는 최고의 전략가가 될 수 있다

매사에 좋은 사람이 되려는 태도를 버리세요.
양아치들은 어디에도 누구에게도 얽매이지 않는
'마이웨이 마인드'가 있습니다.

성현규의 『하고 싶은 대로 살아보겠습니다』 중에서

가족여행을 갔다. 장거리를 달릴 때면 아이들은 차 안에서 이야기 CD
를 듣는다. 그날도 차 안에는 이야기가 흘러나왔다. 이야기에는 세 자매
가 나왔다. 여느 이야기와 다르지 않게 막내는 착해서 언니들에게 당하
며 산다. 책의 구절을 그대로 가져오면 이렇다.

"막내는 언니의 괴롭힘에도 참았어요. 부모님이 걱정하실까 봐 그 사
실을 말하지 않았거든요."

이 구절을 듣고 있던 아들이 발끈하며

"그 사실을 말하지 않으면 부모님이 더 걱정하죠. 상황을 말씀드려야
다시는 이런 일이 일어나지 않죠."

하는 것이었다.

아들 말에 크게 공감했다. 착하면 복을 받는다는 교훈은 좋다. 하지만 나의 감정이 손상 입는 희생은 진정한 선의가 아니다. 이것은 자기 학대이다. 차라리 내가 참는 게 편하다 싶을 때가 많았고, 착해야만 한다는 생각에 사로잡힌 적이 있었다. 목소리가 큰 사람이 이기는 것이 세상 이치인 건지 자신감 넘치는 친구의 의견을 반박하지 못하고 따라야 했고, 상대의 불합리성을 지적하지 못해 혼자 억울함과 속상함을 삭혔다. 상대의 불친절한 언행에 뒤돌아 한숨 쉰 적도 많았다. 이제는 나를 돌아보기 시작했다. 선의의 행동이 무엇인지 정확한 정의가 필요했으며 나를 챙기는 것이 필요했다.

타인의 심리를 교묘하게 조작해서 판단력을 흐리게 만들고, 그로 인해 상대를 심리적으로 지배하는 것을 '가스라이팅'이라고 한다. '심리적 지배'란 아주 무서운 말인 듯하다. 나의 심리를 타인이 지배하고 있지만 나는 그것을 알아채지 못하는 상태라니. 이러한 상태가 지속되면 자존감이 떨어진다. 줄에 매달린 꼭두각시처럼 움직이는 삶은 주체성이 사라진 상태이다. 착한 사람은 종종 타인의 시선에 자신을 맞추기 위해 애를 쓴다. 우리는 자신의 신념과 철학을 가지고 스스로를 믿어야만 한다.

필사를 통해 방법을 찾았다. 이제는 착한 사람이 아니라, 전략가가 되면 어떨까 한다. 축구 경기를 보면 감독은 경기의 상황과 상대의 전술에 따라 우리 팀의 선수들을 교체 투입한다. 점수가 뒤처지면 공격수를 더 투입하고, 점수를 유지해야 하는 상황이라면 수비수를 더 투입한다. 이렇게 상황에 따라 최고의 결과를 내는 전술을 짜는 것이다. 인간관계에서도 도리를 지켜 나가고, 관계를 원만하게 유지하기 위한 전략이 필요하다. 누군가는 나에게 태클을 걸거나 압박을 하기도 한다. 또 심리전을 펼치기도 한다. 이때 상대의 전술에 휘말리지 말고 상황에 알맞은 전술로 경기의 흐름을 내 쪽으로 가져와야 한다. 만약 상대가 두 번의 경고에도 불구하고 계속되는 반칙을 쓴다면 과감히 그 사람을 내 인생 경기에서 퇴장시켜 버려도 좋다. 그들의 전술과 전략을 빨리 읽어 내고, 그에 버금가는 전략을 짜보자.

나를 지키는 일은 곧 상대를 지키고 존중하는 것과 같다. 최고의 전략이 무엇일지 수많은 관계 속에서 고민해 볼 필요가 있다.

우리는 우리 인생의 최고 전략가가 될 수 있다.

굳이 하지 않아도 될 일

"할머니, 그렇게 쭈그리고 앉아 있으면 다리 안 아프세요?
남은 거 제가 다 살게요. 다 넣어 주세요."
전복을 담는 할머니의 손은 심하게 떨렸고, 눈에는 눈물이 고여 있었다.

전이수의 『이수의 일기』 중에서

누군가를 위해 내 마음과 시간을 내어 준다는 것은 참 아름다운 일이다. 마음을 베푸는 일은 강제할 수 없다. 그렇기 때문에 베푸는 일은 굳이 하지 않아도 되는 일이기도 하다. 그 일을 하지 않아도 크게 비난받지 않는다. 때로는 눈살을 찌푸리게 만드는 상황이 생길 수는 있겠지만 말이다.

남편이 출근길에 검은 비닐봉지를 들고 나섰다. 다음 날에는 비닐장갑까지 챙긴다. 그리고 그 일은 밤 산책길에도 이어졌다. 때론 새벽에 일어나 그 일을 한다. 생애 첫 새 아파트 입주에 대한 애정인지 남편은 출근길과 산책길에 아파트 내에 쓰레기와 담배꽁초를 줍고 다니고 있다. 남편의 배려로 우리 아파트가 깨끗해지는 느낌이다. 어느 날은 아파트 입구에서 한

행인이 남편에게 초콜릿 과자 하나를 건네며 "드릴 게 이것밖에 없네요." 하셨단다. 남편이 하는 일을 알아보시고 그 수고에 감사함을 표현한 것이다. 남편은 굳이 하지 않아도 될 일을 했고, 이분 역시 굳이 하지 않아도 될 일을 했다. 배려하는 사람의 마음에 또 다른 배려의 마음이 더해졌다.

필사를 통해 마음이 충만해지는 행복은 남과 함께 할 때라는 것을 느꼈다. 남을 위한 배려가 곧 나를 위한 배려가 된다. 언제나 우리가 나보다 남을 더 챙길 수는 없겠지만 시간이 허락되고, 체력이 허락되고, 또 주머니 사정이 허락한다면 남도 챙기는 여유 있는 마음을 가져보는 게 어떨까 싶다.

출장을 갈 때면 기차를 왕왕 이용한다. 일찍 예매하면 창가 자리에 앉아 바깥 풍경을 마음껏 즐길 수 있다. 어느 날, 서울에 가기 위해 기차를 탔다. 자리에 앉고 보니 노부부가 복도를 사이에 두고 앉아 계셨다. 자리에서 일어나 내 자리를 양보했다. 두 분이 같이 앉으시라 했다. 서울까지 가는 동안 그 노부부는 바깥의 풍경을 바라보며 다정하게 이야기를 나누셨다. 굳이 하지 않아도 되는 나의 작은 배려가 누군가에게 기쁨이 된다면 기꺼이 불편함을 감수할 수도 있어야 한다.

당신은 굳이 하지 않아도 될 일을 얼마나 하고 있는가?

우리가 만약 인어공주를 만난다면

말을 잘하는 사람들은 맥락을 파악해 시의적절하게 말하고,
어떤 상황에서든 내 생각을 분명히 전달하고,
상대방의 의도를 읽으며 대화할 줄 아는 사람입니다.

한석준의 『말하기 수업』 중에서

동화 속 인어공주는 마녀에게 아름다운 목소리를 빼앗겼다. 말을 하지
못하는 인어공주는 왕자에게 그를 구한 사람이 자신이라고 하지 못했다.
결국 인어공주는 기둥 뒤에서 왕자의 결혼식을 몰래 지켜봐야만 했다.

인어공주는 얼마나 답답했을까? 나도 살면서 인어공주처럼 하고 싶은
말을 하지 못해 답답했던 적이 참 많다. '아, 괜히 그 말을 했나? 이 말은
하지 말았어야 했는데.', '나는 그런 뜻이 아니었는데…' 말로 인해 오해
가 생겼다. 내 마음을 몰라주는 것이 속상하기도 했고, 돌아오는 말에 상
처가 되기도 했다. 내 마음이 왜곡되어 전달되니 차라리 말하지 말자며
말문을 닫아 버리기도 했다. 소심한 성격 때문인지도 모르겠다.

점점 내 생각과 감정을 말로 표현하는 일이 어색해졌다. 못다 한 말들은 결국 머리를 뱅뱅 돌다가 내 속을 까맣게 태우기도 했다. '다음엔 꼭 이 말을 하리라.' 하는 다짐도 도돌이표처럼 반복했다. 말을 잘하고 싶었다. 아니, 하고 싶은 말을 마음껏 하면서 살고 싶었다. 그래서 한석준 아나운서의 스피치 강의를 듣기 시작했다. 수강생들과 소통하면서 조금씩 말하는 방법을 알아가는 중이다. 말을 잘하게 되면 자유로워진다는 것을 느꼈다. 말은 할수록 좋아지는 게 맞았다. 연습할수록 자신감이 생기고 신뢰감 있는 목소리로 변하기 시작했다.

필사하며 호감 가는 톤을 만드는 연습만큼 중요한 것을 알게 되었다. 그건 바로 '어떻게 말하는가'이다. 지금껏 나는 말을 잘하는 사람이란 자기 생각을 막힘없이 술술 유창하게 하는 것이라고 생각했다. 아니었다. 말을 잘한다는 것은 자기 생각을 상황과 맥락에 맞게 하는 것이고, 상대방의 감정을 헤아리며 말하는 것이었다. 거침없는 말로 타인의 마음에 생채기를 내고, 화려한 수식어와 기교를 사용하여 현혹하는 말은 오히려 독이 되었다. '말을 잘하는' 사람보다 '잘 말하는' 사람이 되어야 한다. 잘 말하는 사람은 진심을 담아서 상대의 마음을 헤아려 주는 말을 한다.

대화 중 자신의 이야기만 신나게 늘어놓는 사람들이 있다. 화제가 달라졌지만 이내 자신의 관심 주제로 다시 갖고 와 이어가는 사람도 보았다. 이들은 타인의 감정을 들여다보기 전에 자신이 하고 싶은 말만 쏟아내는 실수를 저지르고 있다. 이것은 소통이 아니다. 내가 한석준 아나운서의 강의를 듣고 사람들과 소통하면서 달라진 것은 가급적 '내가' 하고 싶은 말이 아닌 '상대가' 듣고 싶어 하는 말을 하려고 노력한다는 것이다. 말은 '하는 사람의 것'이 아니라 '듣는 사람의 것'이라는 가르침을 통해 화자 중심에서 청자 중심 대화법을 실천하고 있다. 이것은 내가 요즘 말하기에서 가장 신경 쓰는 것이다. 발성법과 함께 관계를 지키기 위한 말하기 공부는 현재진행형이다.

당신이 어디선가 인어공주를 만나게 된다면 우리가 살아가는 데 있어 말하기가 얼마나 중요한지 그리고 어떻게 말해야 하는지 알려 주자. 그리고 절대 목소리와 두 다리를 바꾸지 않도록 당부해 주길 바란다.

앞으로 말은 말답게 하고 말맛을 살려서 마음껏 해보자.

나는 나로 살기로 했다

나는 나를 무대에서 잃어버린 게 아닐까요.
그렇다면 나는 무대로 되돌아가야 할까요.
나를 잃어버린 곳이 무대이니 나를 찾으려면 무대로.

김숨의 『너는 너로 살고 있니』 중에서

ㄷr시 만나서 반ㄱr워!

싸이월드가 부활했다. 싸이월드는 감성 충만했던 나의 10대 말과 20
대 초에 평범했던 나를 아주 근사하게 만들어 준 SNS 공간이다. 그곳에
서는 핑크빛 방에서 공주 드레스를 입을 수 있는가 하면 쇼트 팬츠와 사
자 같은 파마머리도 꽤 어울리는 셀럽이 될 수 있었다. 세월이 지나 요즘
은 인스타그램에서 일상을 공유한다. 마치 일기처럼 자신의 이야기를 기
록하는 공간이 되었다. 이 인스타그램 속의 세상은 가히 놀랍다. 무수히
많은 새로운 피드와 영상물로 사람의 시선을 마비시킨다. 한번 들어갔다
하면 헤어 나오기 힘들다.

그런데 인스타그램의 세상을 한참 보고 있노라면 기분이 점점 불편해지기 시작한다. 이곳 사람들은 모두 핫 플레이스에서 식사를 하고 있으며, 새로운 곳으로 여행을 떠난다. 사진 속 이들의 모습은 언제나 화려하고 새로운 일들의 연속이다. 어제와 다르지 않은 평범한 나의 일상과는 사뭇 다르다. 휴대전화를 들고 있던 내 손에 힘이 쭉 빠지고 툭 내던지듯 휴대전화를 내려놓는다. 더 이상 그들의 광채 나는 삶 때문에 내가 사랑하는 평범하고 보통의 그리고 잔잔한 하루를 평가절하하고 싶지 않기 때문이다. 나를 자유롭게 표현하도록 만들어진 이 공간이 잘못된 것이 아니다. 누군가의 비범한 일상의 한순간에 현혹되어 오히려 상실감이 커지는 것이 문제이다. 타인의 일상에 들어가기 전에는 자신의 작은 일상을 먼저 사랑할 수 있어야 한다. 그렇지 않으면 울타리 없는 타인의 삶에서 내 길을 잃어버릴 수도 있다.

필사 문장은 내게 내면에 있는 모습이 진짜이니 그것을 찾으라고 알려주었다. 내 속의 나를 올곧게 또는 똑바로 응시하며 바라보는 눈을 기르는 것이 중요했다. 나를 사랑하고 나다움을 인정할 때 상대도 인정할 수도 있고, 그 아름다움을 손뼉 치며 받아들일 수 있다.

요즘은 회사에서 직원을 뽑을 때 MBTI 유형을 물어본다고 한다. 성격을 단순화할 수는 없겠지만 기질이나 성향을 파악하여 상대에 대한 이해도를 높이기 위해서라 생각한다. 하지만 다양한 맥락 속에서 우리는 얼마든지 달라질 수 있고, 사회적 자아를 형성하며 사회에서 요구하는 방식을 배워 나갈 수 있다. 사회에서 요구하는 모습을 갖춰가는 상황에서도 우리는 나다움이 무엇인지 알아야 한다. 나를 찾아가기 위해서는 내가 무엇을 좋아하고 무엇을 싫어하는지를 찾는 것이 중요하다. 그것을 찾기 위해서 성격 유형 검사지의 힘을 빌려도 좋다. 스피치 수강생 중에 에니어그램 강사가 있다. 에니어그램 검사를 통해 나도 몰랐던 나를 알 기회를 가졌다. 나를 알게 되면서 타인을 이해하는 스펙트럼도 넓어질 수 있었다. 중요한 것은 나의 모습을 있는 그대로 받아들이고 내 속에 수없이 많은 자아를 만나서 대화를 시도하고, 부족한 점이 있다면 보충할 방법을 찾는 것이다.

나를 잃어버리지 않기 위해 나는 나로 살기로 했다. 그리고 나답게 살기로 했다.

이제 평온하게 SNS를 즐기게 되었고, 내 삶을 있는 그대로 응원하고 사랑하게 되었다.

흔하지만 중요한 말

한 시간에는 일 분이, 육십 개가 있다.
하루에는 무려 천 개가 넘게 있다.
절대 잊지 말아라.
너는 무엇이든 할 수 있는 사람이라는 사실을.

요한 볼프강 괴테의 명언 중에서

우리가 살면서 가장 많이 하는 말이 무엇일까? 물론 상황에 따라 다르겠지만 나는 스스로에게 자주 해주었던 말, '노력'을 꼽는다. 나의 의지와 상관없이 내 행동을 종용하기 위해 누군가는 여름날 모기처럼 이 말을 나에게 외쳐 주었다. 거대한 산 앞에 개미가 된 듯한 한계가 느껴질 때도 우리는 항상 이 말을 되뇐다. 공언을 해서 타인과 약속도 하고 '비록 지금은 부족하고, 미약하지만 노력하면 될 거야.' 이런 희망으로 우리는 계속 앞으로 걸어 나가고 있다. 그래서 우리는 일기장에 그토록 열심히 '노력'이라는 두 글자를 적었나 보다.

어느덧 40대를 살면서 10대와 20대의 불안과 두려움을 잊고 있었다. 생각해 보니 안개 속을 걷던 그 시절의 불안도 '노력'이라는 이 두 글자로 이겨낸 것 같다. 도서관 창가를 밝게 비추던 해가 서산을 붉게 태우며 넘어가고 마감 방송 음악이 흐르면 하던 공부를 마무리하던 고시생 시절이 있었다. '노력은 날 배신하지 않는다.' 책상 앞에 붙여 놓은 포스트잇의 문구를 보며 심호흡을 크게 했다. 그러면 내 호흡은 점점 안정되어 갔다.

누구에게나 공평하게 주어진 이 시간을 우리는 공평하게 쓰지 않는다. 이 글을 필사하면서 시간을 쪼개 쓰는 노력이 필요하다고 생각했다. 끝은 우리의 몫이 아니다. 과정과 결과 둘 다 좋으면 좋겠지만 하나만 선택해야 한다면 단연코 과정이다. 지금의 시작이 좋은 결과를 만들어 내지 못하더라도 그것은 인생의 한 과정이다.

50세 인생 고갯길을 아직 넘어가진 못했지만 내 인생에서도 무수히 많은 실패가 있었고, 지나고 나니 그 실패가 과정이었음을 이제야 조금씩 깨닫고 있다. 어쩌면 노력했다면 실패가 아님을 깨닫게 하기 위해 더 많은 실패가 필요했나 보다.

노력하는 사람이 좋다. 회사 직원을 뽑기 위해 면접을 보았다. 스펙이 물론 중요하다. 비슷한 경력과 실력을 갖추고 있다면 그다음은 성실도이다. 그래서 이전 근무지에서 근무한 기간을 반드시 확인한다. 성실하고 노력하는 사람은 조직의 성장에 큰 기둥이 될 수 있다. 직원 채용의 우선 조건이다. 독서 지도를 하면서 만난 아이 중에는 실력은 부족하지만, 선생님의 말씀에 경청하며 열심히 따라오는 아이들이 있다. 대게 이런 아이들은 대기만성형이자, 무엇이든 해낼 수 있는 아이라고 한다. 실제로도 그렇다. 실제 우리 사회를 이끌어가는 사람 중에 노력하지 않고 올라가는 사람이 어디 있겠는가. 노력의 형제 격인 끈기와 인내가 있다면 그 분야의 상위 10% 안에는 들 수 있다.

노력이라는 말이 너무 흔해서 그 의미가 퇴색되어 가는 듯하다. 흔한 말이지만 참 중요한 말, 오늘도 되뇌자.

노력한다면 당신은 무엇이든 해낼 수 있다.

엄마가 되어 가는 과정

"먼저 부모부터 고치십시오."
만약 아이가 문제 행동을 한다면
모두 길러 준 엄마로부터 배운 거예요.

법륜 스님의 『엄마수업』 중에서

정말 예쁘고 사랑스러운 아이가 세상에 태어났다. 아이의 모든 것이 다 경이로웠다. 어떻게 이 아이가 내 배 속에서 자랐을까? 겨우내 얼었던 땅을 뚫고 나온 새싹을 보듯 아이를 보고 있노라면 모든 것이 설렜다.

교직 이수를 하고 아이들을 가르치는 일을 하는 사람이니 엄마의 양육 방식이 아이의 정서에 어떤 영향을 주는지 잘 알고 있다. 아이에게 많은 사랑을 주고 축복을 염원했다. 넘어졌을 때 툭 털고 일어날 수 있는 내면이 강한 아이로 키우고 싶고, 세상이 등을 돌려도 나를 믿어주는 세상에 단 한 사람, 엄마를 떠올릴 수 있도록 만들고 싶었다. 이런 나의 바람 때문에 때론 나는 그들의 심부름꾼을 자청했고, 예스 맘이 되며 아이들을 전폭적으로 지원하고 보듬어 주었다. 틈만 나면 책을 읽어주며 세상을 알려주는 일도 게을리하지 않았다.

나는 시어머니 눈치보다 아이들 눈치를 더 본다. 신랑에게 하는 세 번의 잔소리 중 적어도 한 번을 참는 건 순전히 아이들의 시선이 무섭기 때문이다. 부모로서 우리의 모습을 돌아볼 때가 있다. 그때마다 잘하고 있는지 의문이 들고 늘 미안한 마음이 들 때가 있다. 잘하고 있어도 부족함을 느끼는 것이 부모인지는 모르겠지만 한동안 아이들 눈에 나는 어떤 엄마로 비치는지 궁금할 때가 있었다. 행여나 부족한 엄마는 아닌가 걱정도 되었다. 나는 어떤 부모인가. 내가 생각하는 부모의 모습은 무엇이고, 아이가 바라보는 부모의 모습은 또 어떠한가. 아이는 부모의 뒷모습을 바라보며 자란다고 했다. 연기 냄새가 옷에 배듯 아이들은 부모의 모습을 자연스럽게 흡수하고 있으니 언제나 부모는 언행을 조심해야 한다.

필사하며 부모의 역할과 자질에 대해서 고민해 보았다. 고민 끝에 닿은 내 생각을 담아 아이들에게 다음 말을 전한다.

사랑하는 찬솔, 찬율아.

　한때는 엄마가 너희를 사랑하는 마음보다 미안한 마음이 더 클 때가 있었단다. 강을 건너고 산을 넘어서 서울로, 부산으로 사방팔방 다닌다는 핑계로 밥을 제대로 차려주지 못한 엄마였어. 체육관을 다녀오면 배가 많이 고팠을 텐데 텅 빈 식탁을 보며 너희들은 라면을 끓여 먹을 수밖에 없었지. 놀아달라고 했을 때는 "잠깐만!"을 외치며 너희들을 기다리게 해놓고, 결국 놀아 주지 않기도 했네. 때론 엄마의 손길이 못 닿은 아이들처럼 꾀죄죄해 보일 때도 있었어. 이런 순간들이 참 미안해.

　하지만 이제는 그 미안함을 내려놓을까 해. 엄마는 지금 하는 일에 최선을 다하고 열심히 사는 모습을 너희들에게 보여줄게. 엄마도 엄마가 처음이야. 엄마는 성인군자가 아니니 실수할 수 있고, 중요한 걸 놓쳐서 후회할 수도 있지. 엄마가 되어 가는 과정에 있으니 부족한 것이 있더라도 우리 서로 지금 모습 그대로 사랑하기로 하자.

앞으로도 너희들과 더 눈을 맞추고 더 많이 안아주고, 사랑한다는 말도 더 많이 할게. 너희들의 부름에는 망설임 없이 달려갈게. 출장 다녀온 엄마를 위해 우렁이 총각처럼 집 정리를 해놓고 기다리고, 비밀번호 소리가 들리면 하던 일 멈추고 달려와 인사하고, 두 팔을 벌리면 언제나 엄마 품에 쏙 들어와 줘서 고마워. 우리 앞으로 더 많이 사랑하자.

필사를 통해 신사임당을 꿈꾸는 엄마가

비비드의 긍정 확언

1. 새 차를 뽑았다. 두 다리를 번쩍 들고 살포시 탄다. 아뿔싸! 내가 아닌 이 차가 차주가 된 듯하다. 물질에 우리 정신을 빼앗기지 않도록 늘 경계하자.

2. 괜찮습니다. 괜찮다 하니 다 괜찮아지더라고요.

3. 주막촌에 양은 주전자가 대롱대롱 매달려 있다. 돈데크만이 생각난다. 돈데기리기리 돈데기리기리 돈데 돈데 돈데!! 돈 데크 마아아아 안!!!! 나의 시간을 통제하는 돈데크만은 결국 나이지 않을까?

4. 행복한 사람은 감동하는 사람이고, 감동하는 사람은 행복한 사람이다.

5. 남 흉을 보지 마라. 모든 행동에는 그럴 만한 이유가 다 있더라.

6. Q. 말 안 해도 알제?　A. 말을 해야 알제.

7. 거울에 먼지가 끼듯 우리 마음에도 먼지가 내려앉는다. 매일 아침 거울 앞에서 화장하듯 필사하며 내 마음도 예쁘게 화장을 해보자.

8. 한 가지 일을 지속하는 과정은 빈틈을 메우며 밀도를 높이는 과정이다.

9. 서두르지 않아도 돼. 빛나지 않아도 돼. 너는 너의 속도대로 걸어가.

10. 4D 영화를 보았다. 화살이 날아올 때는 귓가에서 바람을 일으키며 지나가고, 건물이 무너질 때는 의자가 들썩거린다. 세상에나! 참 실감 나고 재미있다. 영화를 볼 때만 3D 안경이 필요한 것이 아니다. 사람의 마음을 볼 때도 3D 안경이 필요하다.

맺는말

추운 겨울날 주말 오후다. 따뜻한 방 한구석에 자리를 잡는다. 등에는 베개를 받치고 다리 위에는 책을 올려놓는다. 두 손은 귤껍질을 까고 있고, 그렇게 깐 귤은 입 속으로 바삐 들어온다.

내가 일상에서 행복을 느끼는 여러 가지 순간 중 하나이다. 우리의 행복은 이러한 작은 일상에서 시작한다. 이 책이 많은 분께 작지만, 행복한 일상에서 편안하게 읽기에 좋은 책이 되길 바란다.

그동안 필사 내용을 다시 보며 내 감정의 근원을 찾아가는 여정이 참 흥미로웠다. 필사는 우리에게 많은 것을 선물했다. 가장 큰 선물은 나를 더욱 사랑하게 해준 것이다. 나를 사랑하는 사람만이 세상의 아픔도 마주할 수 있으며, 다른 사람의 행복도 두 팔 벌려 응원할 수 있다. 필사는 이렇게 나를 성장시켰다.

이 책을 손에 든 여러분도 필사가 주는 선물을 받아보길 바란다. 딱딱한 껍데기 속 말랑말랑한 조갯살처럼 내 안의 진짜 나를 만나서 위로받고 격려하는 시간을 선물 받게 될 것이다.

끝으로 지금까지 함께 해 준 필사친이 내게 또 다른 선물이다.

"고맙습니다."

써니텐 —————

영어 닉네임이 Sunny여서 의식의 흐름대로 추억의 음료 써니텐을 소환해 닉네임으로 쓰고 있다.

두 아이의 엄마이면서 한의사이다. 내면의 성장, 돌봄에 관심이 많다. 잠든 내면의 거인을 깨우는 일에 뒤늦게 눈을 떴다. 진정한 자유인으로 거듭나고 싶어 이것저것 시도해 보는 중이다. 말을 잘하고 싶어서 온라인 스피치 클래스를 수강하면서 알게 된 분들과 우연한 기회로 필사를 시작하여 지금도 함께 하고 있다. 하고 싶은 일은 하는 요즘이 즐겁다.

진료하고, 아이를 돌보고, 어른으로서 책임을 다하는 일은 보람 있는 일이다. 하지만, 때론 어깨가 한없이 처지고 무거울 때도 있었다. 그러던 나에게 '돌봄'이라는 화두가 떠올랐다. 힘들 때는 온갖 부정적인 생각들이 활개를 치기 때문에 이를 이겨내기 위한 새로운 무엇이 필요했다. 그때 필사가 눈에 들어왔다.

"저 앞으로 필사를 해 보려고 합니다. 매일 인증해 볼게요."

스피치 클래스 대화방에 올린 이 한마디가 나를 여기까지 이끌었다.

나는 후회하지 않기로 결심했다

나는 삶의 과정을 신뢰한다.
내가 한 모든 선택은 내게 완벽한 선택이었다.

루이스 헤이의 『하루 한 장 마음챙김 긍정 확언 필사집』 중에서

나는 후회를 잘 하지 않는다는 장점이 있다. 살면서 모든 일들이 만족스럽거나 결과가 좋기만 하진 않았다. 당장이라도 후회하자면 땅을 칠 만한 일들이 몇 가지 있다. 하지만, 그때의 나는 최선의 선택을 했고, 지금 알고 있는 것을 알 도리가 없었다. 후회하는 마음은 괴롭고, 나를 힘들게 했다. 어느 순간부터 후회해서 이로울 것이 하나도 없다는 사실을 알았고, 그때부터 난 후회하지 않기로 결심했다. 그냥 그렇게 하기로 마음 먹었다.

후회란 과거의 나를 질책하는 것이다. 겪어보고 나서야 알게 된 것을 겪지 않았던 자신이 알았기를 바라는 것은 어불성설이지 않은가. 어떤 길을 들어설 때 우리는 그 길이 어디로 향할지 대략 짐작한다. 내 바람이

나 짐작대로 흘러갈 거란 보장은 없는데도 말이다. 그렇게 가다 보면 전혀 생각지도 않았던 일들이 벌어지기도 하고, 쭉 이어지다가 갑자기 엉뚱한 곳으로 흘러가기도 한다. 운이 없어서도 아니고, 누가 잘못해서도 아니고, 그저 그럴만한 조건이 되면 그렇게 흘러간다.

도착 지점이 만족스럽지 않다고 후회할 이유도 없다. 다른 선택을 했더라면 만족스러웠을 것이라는 생각은 순진한 환상일 뿐이다. 그때 다른 선택을 했더라면 내 인생이 지금보다 멋지고 행복했을까? 사실 그럴 만한 근거는 없다. 그저 막연하게 생각하면 후회를 벗어나지 못한다. 후회해서 얻을 것이 있을까? 그저 고통스러울 뿐이다.

후회를 습관적으로 하다 보면 자신의 선택에 대해 의심하는 마음이 깊어진다. 후회할 선택을 하게 될까 봐, 선택 후에 자신이 후회할까 봐 두려워 결정장애를 겪는다. 아무리 고민해도 더 좋은 해답이 나올 리가 없다. 어차피 대부분 정답이 없는 문제니까.

꽃길이 될지 가시밭길이 될지 돌길이 나올지 미리 알 수 없지만, 어떤 길이라도 마다하지 않고 걷겠다고 다짐해 보자. 그러면 갈림길에서 서성이느라 해가 지도록 출발하지 못하는 일은 없을 것이다. 길을 잘못 들어선 건 아닌지 두리번거리느라 하늘 한번 올려다볼 여유조차 없는 처지가 되지는 않을 것이다.

　자신의 선택을 믿어보자. 그 선택의 결과가 어떠하든 존중하자. 자신에 대한 믿음에는 근거가 필요없다. 무조건적 믿음이다. 지금 좋은 일이 계속 좋은 일이란 법도 없고, 내가 보기에 나쁜 일이 정말 나쁜 일은 아닐 수도 있다. 잣대를 빼고 보면 그 어떤 것도 좋고, 나쁨이 없다.
　조건에 따라 일어나야 할 일이 일어났을 뿐이다.

나를 사랑하는 데는 이유가 필요하지 않다

내가 자신을 사랑하라고 말하는 것은
있는 그대로의 자기 모습에 깊이 감사하라는 얘기다.
그 모든 걸 무조건적인 사랑으로 감싸 안는 것이다.

루이스 헤이의 『하루 한 장 마음챙김 긍정 확언 필사집』 중에서

어릴 적 나는 사랑한다는 표현을 들어본 적도 해본 적도 없었던 것 같다. 경상도 시골에서 자라서일까? 사랑한다는 말을 하는 사람은 TV나 소설에서나 볼 수 있었다. 현실에서 말하는 사람은 만나질 못했다. '잘했다', '고맙다', '좋아한다', '멋지다' 이런 말은 했어도 사랑한다는 표현은 참 어색하고 어려웠던 모양이다. 특히 나를 사랑한다니! 이런 생각을 해본 적은 더더욱 없었다.

말의 힘은 대단하여 사랑한다는 표현을 쓰지 않고는 그 마음을 전하기도, 느끼기도 어렵다. '나 자신을 사랑하는가?'라고 스스로에게 물어보면 그렇다고 선뜻 답이 나오지 않았다. 불만족스럽고, 싫은 모습이 있었

으니까. 우리는 자신을 딸, 엄마, 아내, 며느리, 친구, 동료 등 어떤 역할자로서만 생각할 때가 있다. 이럴 때면 상대로부터 인정받을 때, 주어진 역할에 충실했을 때, 원했던 목표를 달성했을 때 비로소 내가 괜찮은 사람으로 여겨진다.

필사하면서 나 자신을 사랑하라는 메시지를 반복적으로 쓰고 읽었다. 처음에는 '그래, 노력해야지.' 하는 마음이 들었다가 나중에는 거부감도 들었다. 억지로 애쓰는 마음이 불편했었다. 그럼에도 불구하고 매일 쓰다 보니 어느 순간 진실로 나를 사랑하고 싶다는 마음이 들기 시작했다. 무언가를 잘하고 있기 때문이 아닌, 내 존재에 대한 인정의 의미였다.

요즘은 필사책의 저자인 루이스 헤이의 미러 워크를 자주 하고 있다. 나를 떠올릴 때마다 사랑한다는 감각을 느끼려고 노력한다. 거울을 볼 때마다 "널 사랑해, 넌 언제나 사랑스러워."라며 나에게 말한다. 참 입에 붙지 않는 말이었다. 처음에는 어색했지만, 지금은 자연스럽다. 스며든다고 할까? 필사하면서 나를 점점 사랑하게 되었다.

아무리 맛있는 음식도 먹어보지 않으면 왜 맛있다고 하는지 알 수 없다. 그렇듯 자신에 대한 사랑 고백도 해 봐야 비로소 필요한 이유를 알 수 있다. 나를 사랑해야 할 근거를 찾지 않아도 된다. 사랑하기를 결심하면 그만이다. 자기 자신은 '사랑할까? 말까?'를 고민하지 않아도 되는 대상이다.

　자기 자신은 무엇을 하든 함께 해야 하는 관계이다. 싫으면 헤어지고, 좋을 때만 만나는 사이가 아니라, 가장 마지막까지 나의 친구이자 돌봐 줄 사람이다. 자기에 대한 감사, 인정, 연민, 사랑이 있을 때, 살아 낼 힘이 더해진다. 부족한 나조차도 사랑할 때 성장하고 변화할 힘이 생긴다. 타인으로부터 받는 사랑도 필요하고 감사하지만, 그 사랑조차도 자신에 대한 사랑으로 연결될 때 비로소 빛을 발한다. 나에 대한 신뢰와 사랑이 있다면 삶의 여정에서 고되고 지칠 때 쉬어갈지언정 낙오하지는 않을 것이다.

증명하지 않아도 나는 온전하다

자기가 누구인지 다른 사람에게 증명할 필요도 없다.
당신은 삶의 온전함을 완벽하게 표현하고 있다.

루이스 헤이의 『하루 한 장 마음챙김 긍정 확언 필사집』 중에서

우리는 누군가가 자신을 알아줬으면 하는 마음이 있다. 과시까진 아니더라도 무시당하지 않으려고 끊임없이 자신을 증명하기 위해 애쓰면서 살고 있지 않나. 증명하기 위해 자격증을 보여주고, 외모를 가꾸고, 성과를 늘어놓는다. 나 이런 사람이요 자기PR을 한다.

"그 사람 뭐 하는 사람인데?"

증거가 없으면 믿어주지 않는 것이 현실이다. 나아가 실제보다 더 나은 모습으로 보였으면 하는 마음에 거짓 자기를 앞세우기도 한다. 부족한 모습은 쏙 빼고, 최대한 부풀려진 나를 한껏 치장하여 드러낸다. 대중은 열광하고, 반응을 보인다. 도파민이 마구 분비된다. 나를 증명하는 데 혈안이 된다.

필터로 다듬어진 셀카 속 이미지를 자기조차 자기 얼굴인 양 속고 사는

세상이다. 처음에는 그것은 거짓이고, 꾸며진 모습이라 그저 재미로 즐겼다가 차츰 스스로 진실이라고 믿어 버린다. 그러나, 부풀린 거짓 자기를 아는 단 한 사람, 자신은 잘 알고 있다. 그 삶은 가짜라는 것을. 그래서 두려워한다. 언제 거짓이 들통나고 거품이 꺼져서 대중으로부터 외면당할까 봐 두렵다. 거품이 꺼지는 순간 나의 존재가치마저 사라진 듯 느껴진다. 난 아무것도 아닌 것이 되어 버렸다고 울부짖는다.

예견된 이런 삶의 고통을 겪지 않으려면 증명하면서도 증명할 필요가 없음을 기억하려고 한다. 부끄럽지 않은 인간이 돼야 한다고 다그치겠지만, 어떠한 순간에도 살아도 괜찮다고 보듬어주고 싶다. 자신을 부정하지 말라고 친절하게 알려 주자. 하고 싶은 것들 열심히 쫓아다니며 하되, 꼭 그래야 하는 것은 아님을 알면서 살자. 한껏 치장하고 나서는 날도 있고, 멋진 갈채를 받는 날도 있을 것이다. 돌아와 화장을 모두 지우고 목이 늘어진 옷을 입고 거울을 마주했을 때도 괜찮다고 해주자. 그 또한 나의 모습이니까. 애썼다. 증명하느라고 애썼다.

진실로 상대로부터 벗어나는 방법, 용서

용서란 단념하고 놓아주는 걸 의미한다.
그 사람의 행동을 용납하라는 게 아니다.
그냥 모든 걸 놓아버리는 것이다.

루이스 헤이의 『하루 한 장 마음챙김 긍정 확언 필사집』 중에서

누군가를 용서한다는 건 쉽지 않다. 상대의 말이나 행동으로 인해 내가 받은 상처가 깊을수록 용서가 어렵다. 평생 누군가를 미워하고 저주하다 생을 마무리하는 사람, 누군가에게 복수하기 위해 남은 삶을 바치는 사람, 결국 그 사람을 응징함으로써 갈등을 해결하는 드라마 속 주인공을 떠올려 보자. 그 사람의 삶이 드라마가 아니라 현실이라면 어땠을까? 그보다 고통스러운 비극은 없을 것 같다.

그도 나만큼 고통을 받았으면, 죗값을 치렀으면 하는 마음, 그가 처벌받는 것이 내가 받은 고통에 대한 보상이라는 생각이 용서하지 못하는 마음 아래에 깔려 있다. 하지만, 복수를 꿈꿀 때 내 인생에 어떤 유익함이 있을까? 복

수를 위해 바쳐야 할 시간과 마음의 고통만큼 그것이 의미가 있을까?

용서는 그 누구도 아닌 나를 위해서다. 용서하기 위해서는 상처받은 나를 더 이상 내버려 두지 않겠다는 의지가 필요하다. 그를 이해하고 포용하겠다는 마음이 아니어도 된다. 그에 대한 미움과 원망, 관심을 거두고, 이제는 내 삶에 집중하겠다는 마음이면 충분하다. 미움과 원망은 애당초 내 마음속에 있었으니 가질지 버릴지 내가 결정하면 된다. 상대가 용서를 구하든, 구하지 않든 그것은 중요치 않다.

그렇다면 어떻게 하면 미움을 내려놓고, 용서할 수 있을까? 용서가 나에게 유익함을 명확히 알면 가능하다. 법륜 스님의 <즉문즉설>에서 들었던 한 사연이 생각난다.

"스님, 욕심을 내려놓고 싶은데, 어떻게 해야 내려놓을 수 있습니까?" 이 질문에 법륜 스님은 이렇게 되물으셨다.

"뜨거운 냄비를 들고 있는데, 어떻게 하면 내려놓을 수 있습니까?" 그러자 질문자가 대답했다.

"그냥 내려놓으면 됩니다."

질문자를 향해 법륜 스님은 이렇게 말씀하셨다.

"네, 욕심도 그냥 내려놓으면 되지요. 질문자가 어떻게 내려놓아야 하느냐고 묻는 것은 내려놓을 줄 몰라서가 아니라 내려놓고 싶지 않기 때문입니다."

그러하다. 용서하는 방법은 따로 있지 않다. 미워하고 원망하면 내 마음이 지옥 같다. 그 고통에서 벗어나고 싶다면 그저 뜨거운 냄비를 내려놓듯 미움과 원망을 내려놓고, 용서하기를 택하면 된다.

용서란 나를 보호하고, 사랑하는 가장 적극적인 방법이다.

무슨 생각을 선택할 것인가?

자신의 생각을 선택할 수 있다.
우리가 다룰 수 있는 유일한 대상은 생각이며,
생각은 바뀔 수 있다.

루이스 헤이의 『하루 한 장 마음챙김 긍정 확언 필사집』 중에서

"생각 때문에 한숨도 못 잤어요."

"생각이 너무 많아서 스트레스를 많이 받아요."

한의원에 찾아오시는 분들이 많이 하시는 말씀이다. 나도 모르게 하게 되는 생각을 당할 재간이 없다고 여긴다. 하지만, 생각으로부터 나를 지킬 수 있는 방법이 분명히 있다.

각종 음식들이 차려져 있다고 해 보자. 건강을 위해 몸에 좋은 음식을 골라 담는다. 담아온 음식을 '먹어야' 이롭다. 차려진 음식이라도 내가 담지 않으면, 담아 왔더라도 먹지 않으면 그 음식은 아무런 해도 득도 되지 않는다. 이처럼 마구 떠오른 생각은 차려진 뷔페 음식과 같다. 어떤 음식을

골라 담을지, 먹을 것인지 선택할 수 있다. 좋아하는 음식에만 습관적으로 손이 가겠지만, 다이어트를 하겠다고 결심했다면 신경을 써서 건강한 음식을 골라 먹으면 된다. 생각도 마찬가지다. 떠오르는 생각은 어쩔 수 없지만, 알아차리면 떠오른 생각을 이어 나갈지 멈출지 선택할 수 있다. 나에게 해로운 자동사고를 알아차리는 순간부터 생각에서 자유로워진다.

어떻게 하면 나에게 이로운 생각을 선택할 수 있을까?

첫째, 알아차림이다.

내가 지금 어떤 생각에 사로잡혀 있는지, 어떤 생각들이 떠오르는지를 알아차릴 때 이어갈지, 그만할지를 선택할 수 있다.

둘째, 나에게 이로운 생각을 선택하겠다는 의도를 가진다. 강렬하게 사로잡는 생각이 있더라도 과감하게 다른 생각으로 주의집중을 옮길 준비가 필요하다. 잘 되지 않더라도 반복하면 점점 수월하게 생각을 바꿀 수 있다.

셋째, 평소 생각거리를 잘 골라 담는 것이 중요하다.

책, 영화, 드라마, 유튜브, 음악, SNS, 뉴스도 그렇고, 오늘 만난 사람과의 대화, 그때의 느낌과 생각, 길에서 본 장면, 전해 들은 이야기 등이 모든 것들이 언제 생각 손님으로 내 머리를 휘저을지 모른다. 평소 내 머릿속에 무엇을 집어넣을 것인지를 신중히 하자. 아무거나 보고 듣고 생각하지 않으려고 한다. 좋은 사람들을 만나고, 좋은 책을 읽고, 기분 좋은 경험을 하고, 편안한 기분을 자주 느끼도록 일상을 채우는 것. 나쁜 생각으로부터 고통받지 않기 위한 방법이다.

떠오르는 생각은 나의 것이 아니다. 붙잡지 않으면 영향을 받을 것도 없다. 원치 않는 생각이 떠오를 때 현재 하는 일에 집중하는 것을 연습해 보자. 길을 걷고 있다면 움직이는 발에 집중하고, 밥을 먹고 있다면 팔의 움직임, 입의 움직임, 혀에 느껴지는 감각에 집중해 보자. 가만히 있을 때는 코끝의 호흡을 느껴보자. 지금 느껴지는 감각에 집중하는 것, 간단하지만 매우 효과적인 방법이다. 처음에 잘 되지 않더라도 실망할 필요가 없다. 하다 보면 자연스럽게 현재에 머무는 시간이 늘어난다.

생각과 말의 힘은 현실로 드러난다

내가 가진 모든 생각 내가 하는 모든 말은 확언이 된다.
확언은 긍정적이거나 부정적이거나
둘 중 하나일 수밖에 없다.

루이스 헤이의 『하루 한 장 마음챙김 긍정 확언 필사집』 중에서

필사를 시작한 목적은 긍정 확언을 매일 하기 위해서였다. 긍정 확언은 부정적인 무의식을 뿌리 뽑고, 자신이 가진 무한한 가능성을 받아들여 원하는 것을 실현할 수 있게 해 준다고 했다. 난 긍정 확언의 힘을 굳게 믿는다. '이 기차를 타면 부산에 갈 수 있다'라고, 먼저 타 본 사람들이 모두 그렇게 말해준다고 가정해 보자. 난 처음 타는 기차지만 부산에 도착할 것을 의심하지 않는 것처럼 말이다. 부정적인 무의식을 바꿀 수 있다니 정말 그런지 내가 직접 확인해 보고 싶었다.

일 년 전 원하는 목표를 긍정 확언 문장으로 만들어서 매일 100번씩 100일간 써 본 적이 있다. 혼자서 끝까지 해낼 자신이 없어 내가 활동하는 한 커뮤니티에서 각자 원하는 루틴을 함께 하자고 모집한 적이 있다.

백일 간의 인증을 목표로 했다. 당시 8명 정도 시작했는데, 참여가 저조하여 혼자서 북 치고 장구 치는 기분으로 힘겹게 했던 기억이 난다. 내가 만든 모임이니 하루라도 빠질 수가 없었고, 안 하면 원하는 목표를 이루지 못할까 봐 꾸역꾸역 매일 반복쓰기를 했다. 한 문장을 100번 쓰려면 40분 정도 걸려 쉽지 않았지만, 결국 100일을 채웠다.

그때 빽빽하게 썼던 확언은 아직 현실로 이루어지지 않았다. 하지만, 이루어지고 있는 과정이라고 믿는다. 그때의 경험이 있었기 때문에 다시 필사할 결심을 쉽게 하였다. 혼자서는 지속하기 힘든 것을 알기에 그때처럼 스피치 클래스 단체 대화방에 공언을 했던 것이다. 그랬더니 생각지도 않았는데, 몇 분이 적극적으로 관심을 보였다. 그날로 얼떨결에 일사천리로 필사 모임이 만들어졌다.

100번 쓰기를 했던 경험이 다시 필사하겠다는 각오를 하게 했고, 그것이 다시 이렇게 글쓰기까지 덤비도록 이끌었다. 모두 예상하지 않았던 일이다. 어디로 갈지는 모르겠지만, 이렇게 내 꿈은 자연스럽게 이루어질 것이다.

작은 점 다음 또 한 점은 별 차이가 없어 보인다. 그렇게 자꾸 점을 찍어

가면 그 점들은 어느새 선이 될 것이다. 짧은 선이 길어지면 길고 긴 선이 되어 결국 내 꿈에 닿을 것이라는 확신이 든다.

긍정 확언은 나 자신을 인정하고, 미래에 원하는 것을 이룰 수 있다는 자신감을 불어넣는다. 확언은 마치 이것이 이미 실현이 된 것처럼 생생하게 오감으로 느끼는 것이 중요하다.

그런데, 놓친 것이 있었다. 나는 이미 많은 확언을 하고 있었다. 내가 하는 생각과 말은 모두 확언이었다. '나는 이런 사람이다.', '나는 이것을 좋아한다.', '나는 이것과 잘 맞지 않다.', '나는 이걸 잘하는 사람이다.', '나는 이것에 소질이 없다.' 등 단정 지어 말하는 이 모든 것이 확언이라는 것을 깨닫는 순간 정신이 확 들었다.

말이 씨가 된다는 옛말이 틀리지 않는다. 단정 지어 말하는 것, 규정하는 것에 대해 참으로 조심스러워졌다. 남에 대해서도 함부로 단정 지어 말하는 것을 주의해야 한다. 비단 나 자신뿐만 아니라 가족, 친구, 더 나아가 세상을 향해 어떤 확언을 하고 있는지 살펴볼 필요가 있다.

건강을 위해서 좋은 음식을 챙겨 먹는 것도 좋지만, 그보다 앞서 할 일은 그동안 습관적으로 먹어오던 나쁜 음식을 그만 먹는 일이다. 나쁜 습관을 그만하는 것이 좋은 습관을 새로 들이려고 애쓰는 것보다 우선할 일이다. 긍정적인 확언을 하는 것도 좋지만, 그동안 해 오던 부정적인 말과 생각을 알아차리고 그만하기를 연습하자. 단정 지어 말하는 것과 단정 지어 생각하는 것은 곧 확언이 된다. 지금 내가 하는 말과 생각이 나의 미래에 영향을 준다는 것을 필사하면서 제대로 경험하고 있다.

마음이 흔들릴 때마다 나에 대한 확신이 없어지고 미래에 대한 불안이 스멀스멀 올라올 때 매일 긍정 확언 필사는 작지만, 큰 힘이 되었다.

좋은 말과 좋은 생각은 정신을 건강하게 만드는 양식이다.

내 인생에 책임을 질 때 비로소 자유롭다

자기 인생에서 벌어지는 모든 일에 책임을 져야 한다.
우리가 하는 모든 생각과 말이 경험이 되어
미래를 만들어 가기 때문이다.

루이스 헤이의 『하루 한 장 마음챙김 긍정 확언 필사집』 중에서

책임을 져야 한다는 말은 예전에는 아주 무겁게 느껴졌다. 책임을 져야 하는 일은 맡기가 두려웠고, 책임져야 할 일이 생길까 봐 몸을 사리기도 했다. 하지만, 이제는 책임을 짐으로써 내가 자유로워진다는 것을 안다. 어떤 선택을 내리지 못할 때의 마음을 들여다보면 책임지기 싫어하는 마음이 도사리고 있다.

불안할 때 마음 깊숙이 결과에 대한 책임을 회피하고 있었다. 책임을 진다는 것은 그 어떤 결과든 수용하고 내가 거기서 할 일을 기꺼이 하겠다는 마음이다. '법적 책임을 진다.', '잘못되면 다 내 탓이다.' 하는 처벌받는 책임이 아니라 어떠한 결과라도 겸허히 수용하고, 해야 할 일을 피

하지 않겠다는 자세이다.

일상에서 일이 잘못 되었을 때 흔히 누구 때문인지를 생각한다. 만약 우산 없이 외출했는데, 갑자기 비가 쏟아지는 일, 실수로 엉뚱한 곳에 메일을 보내는 실수, 친구의 추천대로 주식을 샀는데 크게 손해를 봤거나 했을 때 누가 무엇을 책임져야 하는가? 누구 때문에 그런 결과가 생겼을까? 우리는 책임자를 찾아 그 결과에 대한 책임을 물어야 한다고 생각하기 쉽지만, 사실상 그 일은 그저 나에게 벌어진 에피소드일 뿐이다.

내 인생에 내가 책임을 지기로 받아들이는 순간 오히려 자유로움을 얻을 수 있었다. 책임지지 않으려는 마음은 불안을 가져온다. 타인 때문에, 어떤 상황이 나를 이렇게 만들었다고 가정해 보자. 그건 다행히 아니라 도리어 비극이다. 원인이 내가 아닌 밖에 있으므로 내가 해볼 수 있는 것은 없다. 그저 상대가 해결해 주기만을 기다리고, 상황이 좋아질 때까지 기도하며 기다릴 수밖에 없다.

걱정, 불안에서 벗어나는 방법 중 하나는 바로 내가 책임지겠다는 마음이다. 무슨 일이 생기면 그때도 선택할 수 있는 길이 있다는 것을 믿는 것, 그리고 그 상황을 피하지 않고 기꺼이 해결해 나가겠다는 마음이 있다면 미리 결과를 통제하려고 동동거리며 애쓸 이유가 없어진다.

내가 뿌린 씨앗에서 싹이 트고 줄기가 자라 열매를 맺듯이 내가 마주치는 상황은 나로부터 시작된 생각과 행동의 결과이다. 그러니 내가 책임을 지는 것은 당연하다.

"갑자기 하늘에서 비가 쏟아져서 비를 맞게 생겼는데, 그것도 내 책임인가요?" 누군가는 이렇게 따져 물을지도 모르겠다. 그렇다. 내 책임이다. 내가 그 자리에 있기 때문이다. 내 책임이니까 옷이 비에 젖는 상황을 내가 해결할 수밖에 없다. 우산을 살까, 뛰어갈까, 비를 맞을까? 얼마든지 나는 선택할 수 있다. 얄궂은 비는 왜 하필 지금 내리냐며 하늘을 원망해 본들 무슨 소용이 있겠는가? 비가 그치길 비를 맞으며 기다릴 것인가?

우리에겐 언제든 길이 있다

싸움이나 혼란이 발생하면 거기서 교훈을 얻어야 한다.
비난을 삼가고 내면을 향해 돌아서서
진실을 찾는 게 중요하다.

루이스 헤이의 『하루 한 장 마음챙김 긍정 확언 필사집』 중에서

문제가 생겼을 때 빨리 해결되지 않을까 봐 혹은 계속 해결되지 않은 채로 힘든 상황을 견뎌야 할까 봐 두렵고 힘들 때가 있다. 이럴 때 나는 이 것이 과연 문제인가를 일단 생각해 본다. 심각한 문제라고 규정할수록 해결책은 없다고 여겨지고, 도무지 거기서 벗어나지 못할 것 같은 부정 적인 생각과 절망감에 사로잡힌다. '내' 문제라고 생각하면 문제에 갇히 기 쉽다. 하지만 그 상황을 한 걸음 물러나 살펴보면 심각하거나 까다로 운 문제가 아닐 때가 많다. 살다 보면 겪게 되는 일을 나에게만 일어난 특 별한 문제라고 생각하면 해결책을 찾기가 더 어려워진다.

건물이 팔리지 않아 고민이 깊어져 결국 불면증이 심해진 분이 한의원

에 오셨다. 그분은 건물이 빨리 팔려야 마음이 편해질 것이고, 그래야 잠을 잘 수 있다고 생각하셨다. 보러 오는 사람도 없고, 보러 왔어도 계약으로 이어지지 않으니 '이러다가 몇 달 동안 안 팔리면 어떻게 하지?', '계속 이렇게 잠을 못 자면 몸이 점점 안 좋아질 텐데 어떻게 하지?'라는 생각이 온종일 머리를 떠나지 않는다고 하셨다. 이분은 하나의 방법만이 자신의 고통을 해결할 수 있다고 생각했다. 건물이 빨리 팔리는 것. 그래야 마음도 편해지고 잠도 잘 수 있을 테니까. 하지만, 건물이 팔리는 것은 파는 사람 마음대로 되는 것이 아니니 자신이 도무지 해결할 수 없는 문제라고 여긴 것이다.

잠시 다르게 한번 생각해 보자. 이자를 내는 상황도 아니고 그 건물이 당장 팔리지 않아도 생계에 별다른 지장이 없다고 하셨다. 문제에 매몰되어 버리면 그 문제가 내 삶을 위협할 때가 있다. 이때는 한 발짝 떨어져서 보는 것이 도움이 된다. 객관적으로 문제를 살펴보면 생각보다 위협적이지 않다는 것을 알게 된다. 그렇다면 어떻게 이 문제를 해결하면 좋을까? 만약 빨리 팔고 싶다면 매매가보다 얼마 낮춰서 내놓으면 팔릴 가능성이 높아진다. 원하는 가격을 꼭 받고 싶다면 천천히 시간을 갖고 기다리면 된다. 내가 원하는 가격에 내가 원하는 시기에 팔리기를 소망하지만, 그건 지금의 선택지에는 없다.

　문제의 답이 없다고 느껴질 때는 내가 원하는 것만이 정답이라고 고집하는 것은 아닌지 살펴보자. 일이 해결되는 방식이 꼭 내가 원하는 선택지가 아닐 수 있다. 하나를 선택하면 하나를 놓아야 하는 경우가 있는데, 이것은 어쩔 수 없는 현재의 선택이다. 둘 다 놓치고 싶지 않다고 고집부리는 순간 더 나아가지 못한 채 제자리에서 뱅뱅 공회전만 하면서 소진되기 쉽다.

　운전하다가 빨리 가고 싶다고 없는 길을 만들어 갈 수는 없다. 주어진 갈림길에서 최단 거리나 그나마 최선의 길을 택해 달리다 보면 어느새 목적지에 도달한다. 때로는 인생길에 있어 내가 정말 원하는 길을 마음껏 달릴 수 있을 때도 있다. 그럴 때는 내 마음대로 달려보자. 그렇지 않을 때는 주어진 길에서 또 즐거이 달려보자. 이런들 저런들 우리에겐 언제나 달릴 길이 있다.

나에게 주는 선물, 칭찬

오늘은 평가와 자기비판 습관을 고치고,
스스로를 비하하려는 욕구를 뛰어넘는 법을 배우자.

루이스 헤이의 『하루 한 장 마음챙김 긍정 확언 필사집』 중에서

자신을 스스로 칭찬하기란 일부러 마음먹지 않고는 저절로 되지 않는다. 나를 무조건 지지하고, 사랑하겠다고 필사하면서 다짐하던 중 칭찬클럽에 참여하게 되었다. 스피치 클래스에서 이루어진 미션이었다. 하루도 빠지지 않고 한 달간 꼭 채워 상으로 커피 쿠폰을 받는 것이 칭찬클럽의 깨알 같은 즐거움이었다. 초중고 12년간 개근했던 부심이 있었기에 매일 하는 것이 힘들진 않았다.

혼자 했으면 분명 중간에 여러 핑계로 건너뛰기도 했을 텐데, 다 같이 응원하는 분위기에서 함께 하니 비교적 수월했던 것 같다. 목표가 있을 땐 역시 나를 어디에 묶어 놓는 것이 좋다. 공언하거나 함께할 그룹을 만들어 분위기를 조성하는 것이 성공 확률이 높다. 3개월간 매일 칭찬하기

를 해보니 이제는 혼자서도 일과를 마무리하면서 빼놓지 않고 나를 칭찬하는 것이 익숙해졌다.

처음에는 뭘 했다고 칭찬할 것이 있나 싶었지만, 마음만 먹으면 모든 것이 칭찬 거리가 된다는 것을 알게 되었다. 일찍 일어난 것도 칭찬했고, 피곤해서 푹 자고 일어나도 칭찬했다. 밥을 열심히 챙겨 먹어도 칭찬했다. 건강을 위해 커피믹스를 먹고 싶은 것을 참은 것도 칭찬했다. 내가 했던 모든 행위를 다 칭찬하겠다고 마음먹어도 좋다. 그냥 하루를 살아 낸 것 자체가 대단한 일이지 않은가.

칭찬클럽에 참가하는 동안 서로서로 셀프 칭찬 글에 댓글을 달아주며 응원했다. 이렇게 함께 하면서 느끼는 공동체 감각도 생활의 기쁨이었다. 사람은 함께 하면서 유대와 공감할 때 행복하다. 절대로 혼자 동떨어져 있을 때 행복할 수 없는 동물이다. 인간의 생존을 위해서 그렇게 프로그래밍 되어 있다. 칭찬클럽은 열심히 다들 살아 내는 존재들이구나, 함께 살아가고 있음을 느낄 수 있는 고마운 공간이었다.

우리가 살고 있는 건 놀랄 만큼 대단한 시스템이 돌아가고 있기 때문에 가능하다. 하루 종일 내 심장은 쉬지 않고 규칙적으로 뛰고 있고, 열심히 들숨, 날숨 호흡을 하며 생명을 유지하고 있다. 이미 잘하는 것이 많았다.

이렇게 칭찬하기가 익숙해지다 보면 자신의 존재에게 감사하고 대견하고 기특하고 보살펴주고 싶은 마음이 생긴다.

　자기비판을 그만하고, 나 좀 칭찬해 주면 어떨까? 우린 너무 오랫동안 수없이 자아비판을 해 왔다. 어릴 때부터 지겹도록 잘못된 것을 뉘우치고 부족한 것을 채우고, 고치는 데 온 관심을 쏟았다. 그래서 자신을 사랑하게 되었는가? 적어도 나는 그렇지 않았다.

　이제는 나의 사소한 것이라도 칭찬해 주고, 내가 잘하는 점을 인정해 주려고 한다. 자기가 별로 마음에 들지 않는다면 당장 칭찬하기를 실천해 보자. 사소한 일 하나라도 찾아서 칭찬해 보자.

　"인사를 웃으면서 했네."

　"밥을 맛있게 잘 먹었네."

　"오늘 할 일 미루지 않고 다 했네."

　이 모든 것들이 칭찬 거리가 된다. 당장은 눈에 띄는 변화가 없겠지만, 생활이 되면 조금씩 달라지는 자신을 발견한다. 우리를 변화시키는 것은 커다란 한 방이 아니라 소소하지만 반복되는 습관이다.

미안하다는 말 대신 고맙다는 말

감사하고 수용하는 마음은 매일 매순간마다
기적을 일으키는 강력한 자석 같은 역할을 한다.
누군가 날 칭찬하면, 웃으면서 "감사합니다." 라고 말한다.

루이스 헤이의 『하루 한 장 마음챙김 긍정 확언 필사집』 중에서

누군가 무엇을 주면 한 번쯤 사양하고 받는 것이 예의라고 생각한 적이 있었다. 칭찬을 받으면 "아유, 그 정도는 아니에요.", "부끄럽네요."라는 말로 어설픈 겸손을 표현했다. 나는 30대까지 남에게 도움을 받는 것은 신세를 지는 느낌이라 싫었고, 부탁하는 것도 용기를 내야 했다. 더치페이조차 익숙해지는 데 한참의 시간이 걸렸다. 사 줘야 마음이 편하지, 얻어먹는 상황은 어색했다. 호의를 베푸는 상대에게 어떻게 반응해야 할지 몰라 난감하기도 했다. "감사합니다." 한 마디로 끝내기에는 마음이 편치 않았다. 무엇으로 정확하게 돌려줘야 계산이 끝난 것처럼 마음이 홀가분했다.

요즘은 명절 때 시댁에서 이것저것 챙겨 주시면 사양하는 법 없이 넙죽넙죽 잘 받아온다. 언니가 사 주는 물건도 고맙다고 하며 잘 받아쓴다. 인사치레로 사양하거나 거절하는 법이 없다며 남편은 가끔 놀린다. 관계에 따라 조금 다르겠지만, 진심으로 주고 싶어 하는 사람에게는 편안한 마음으로 고맙게 받아주는 것이 이미 보답이다. 나는 누군가에게 주었을 때 상대방이 부담스럽다며 사양하거나 받자마자 곧 답례를 보내오기보다 고맙다며 담백하게 받아주는 사람이 더 좋다. 내가 주면서도 흔쾌히 받아주는 상대방의 마음이 고맙다. 이렇게 생각과 감정의 군더더기를 빼면 오히려 순수한 진심이 잘 전달된다.

살다 보면 몸이 힘들거나 마음이 지쳐 가족에게 본의 아니게 신세를 지거나 걱정을 끼치게 되는 경우도 생긴다. 진료실에서 만나는 분들 중에 가족에게 미안한 마음 때문에 자신의 병에 대해 지나치게 자책하거나 빨리 회복되지 못할까 봐 불안해하고, 눈치를 보는 경우를 종종 본다. 심할 때는 치료비 부담을 지우는 것이 싫다고 아예 치료를 거부하시는 분도 있다. 자신 때문에 가족이 경제적 부담을 지고, 걱정을 끼쳤다는 생각 때문에 심한 불편함을 느낀다. 이쯤 되면 돌봐 주는 가족의 마음도 무거울 수밖에 없다. 가족이 원하는 것은 미안하다는 말이 아니라 사랑하는 사람이 하루빨리 건강해지는 것이니까.

가족에 대한 미안함 아래 더 깊은 속마음은 무엇일까? 가족에게 걱정을 끼치고 싶지 않은 마음, 좋은 모습을 보여주고 싶은 마음일 것이다. 그런 가족에게 미안하다는 말 대신 고맙다고 표현하면 어떨까? 도움을 기꺼이 받기 위해서도 용기가 필요하다. 도움을 받으면 표현해 보자. "도와주셔서 고맙습니다. 큰 힘이 됩니다." 이제는 서로를 부담스럽게 하는 말은 그만하면 어떨까? 칭찬을 받을 때도 담백하게 인사해 보자.

"고맙습니다."

"그렇게 생각해 주시니 감사합니다."

마음을 주고받을 때 셈법은 필요치 않다. 주고 싶을 때 주고, 받을 때 진심으로 받으면 족하다.

써니텐의 긍정 확언

1. 사랑하는 나에게 관심이 없을 수가 없지 않은가. 나를 만나는 일은 즐겁다.

2. 선택의 기준은 하나이다. 이것이 유익함이 있는가?

3. 나는 결심했다. 나 자신을 사랑하기로, 용서하기로, 무조건 신뢰하기로.

4. 나만의 생각에 빠져 있을 때 마음은 고통이라는 신호를 보낸다. 그때 내면의 소리를 들어보자.

5. 이루어질 대로 이루어질 것이므로 걱정할 필요가 없다. 그러니 걱정하지 않겠다.

6. 반드시 해야 하는 것은 없다.

7. 남은 내 마음을 비춰주는 거울이다.

8. 날 판단하는 것은 남이 아닌 나 자신이다.

9. 생각은 언제든지 바뀔 수 있고, 바꿀 수 있다.

10. 과거를 용서하고, 미래를 수용한다.

맺는말

　필사는 계속 진행 중이다. 당초 100일을 목표로 시작했지만, 좋은 습관은 멈출 이유가 없다. 이제는 애쓰지 않아도 자연스럽게 매일 아침 필사 책으로 손이 간다. 필사를 통해 얻은 것이 너무 많다. 머리로 알던 것을 가슴에 새겼던 시간이라고 할까? 필사를 통해 나를 만나는 시간이 좋았고, 나를 사랑하게 되었다. 하지 않았으면 몰랐을 것을 해 보니 알겠다. 긍정 확언 필사는 2023년 나의 탁월한 선택이었다. 참 고맙다. 함께 해서 고맙고, 할 수 있어 고맙다.

유유맘 ─────

  나의 온라인 닉네임은 '유유맘'이다.

  전직 은행원으로 12년을 일했으며, 현재는 육아와 자기계발에 힘쓰고 있는 주부이다.

  이것저것 배우는 것을 좋아하고 호기심이 많지만 게으르고 쉽게 열정이 식어버리는 타입이다.

  흥이 많으며 놀 때는 잘 놀고 주어진 일은 열심히 하고 있다.

  마흔을 앞두고 이제서야 '나'에 대해 관심이 많아졌으며 나를 돌보는 데 힘쓰고 있다.

  책을 읽기 시작하면서 좋은 문장은 내 글씨로 남겨보고 싶었다. 마음에 와닿는 글을 더 오래 기억하기 위함과 동시에 악필을 교정하고 싶어서 필사를 시작했다. 그리고 나를 더 사랑하고 자신감을 키우기 위해 긍정 확언 필사도 하게 되었다.

서른 즈음에? 아니 마흔 즈음에

마흔은 완성되는 나이가 아니라
뭐든지 되다마는 나이이다.
결과가 아닌,
과정을 살아가는 나이가
바로 마흔이다.

김미경의 『김미경의 마흔 수업』 중에서

'점점 더 멀어져 간다. 머물러 있는 청춘인 줄 알았는데….
비어 있는 내 가슴속엔 더 아무것도 찾을 수 없네.'

고(故) 김광석 님의 <서른 즈음에> 속 가사의 한 구절이다. 많은 사람
이 서른 살이 되면 지나간 날을 돌아보며 후회도 하고 다가올 미래를 두
려워하는 것 같다.

요즘은 평균 수명이 길어지고 결혼도 늦어지기에, 점점 자기 자신을 돌

아보는 시간이 늦춰지는 듯하다. 서른은 자아 성찰을 하기엔 직업적 경력을 쌓기에 바쁜 나이고 결혼, 육아 등으로 30대를 통째로 흘려보내기도 한다. 여성들은 아이를 키우고 어느 정도 안정이 되고 나서야 자신을 돌볼 수 있는 시간이 생겨난다. 나 또한 20대의 치열한 사회생활을 거친 뒤, 결혼하고 아이를 키우며 30대 중반이 되어서야 나 자신을 돌볼 수 있는 시간을 갖게 되었다.

곧 마흔을 앞둔 아이 둘을 키우고 있는 엄마라는 이름의 존재로서 말이다.

직장을 떠나 주부의 길로 접어들어 나를 만나는 시간 속에서 방황의 시기가 온 건 어쩌면 당연한 일인지도 모르겠다. 그리고 지금이라도 와서 참 다행이다.

주체적인 삶은 선택에 달려있다

용기를 내어 생각하는 대로 살지 않으면
머지않아 사는 대로 생각하게 된다.
사는 대로 생각하는 엑스트라의 삶을 살겠는가?
아니면 내가 생각하는 대로의 주체적인 삶을 살겠는가?
모든 것은 선택이다.

조성희의 『뜨겁게 나를 응원한다』 중에서

그동안 주어진 환경대로, 주어진 만큼만 최선을 다하며 살아왔다. 그래서인지 되돌아보면 주체적인 생각을 하지 못하고 어리숙한 삶이었던 것 같다.

무엇인가에 대한 열망이나 목표, 욕심도 크게 없었다. 이는 타인의 의지에 휩쓸리며 나 자신이 없어진 상태를 의미했다. 부모님과 가족들을 위하여 일찍 사회생활을 시작했지만, 그 속엔 내가 없었다. 무엇이든 열심히 하면 된다고 생각했는데, 사회는 그렇게 호락호락하지 않았고 그 속에서 많은 좌절과 나에 대한 실망감을 맛보았다.

가끔 이런 생각이 들었다.

'내가 원하는 것이 이게 맞는 걸까? 나는 무엇을 위해 살아가고 있는 걸까? 언제까지 이렇게 살아야 하지?'

하지만 진지하게 고민할 시간도 없이 그저 사는 대로 맞춰갈 뿐이었다.

아이를 낳고 육아 휴직에 들어가며 사회에서 벗어난 순간 '하고 싶은 일을 찾자.' '당당한 모습을 찾자.'라는 생각이 끊임없이 조여왔다. 육아 휴직이 끝난 뒤 다시 일을 하다가 '코로나'라는 팬데믹을 겪으며 육아와 동시에 회사 일을 병행하는 것이 힘들어졌다. 그간 쌓여온 나의 감정들과 현실의 고됨이 한순간에 파도가 치듯이 몰려왔다. 그래서 과감하게 퇴사를 결정했다. 현실을 걱정하는 주위 사람들의 만류가 나를 또 주저하게 했지만, 이제 더 내 삶을 타인의 기우에 맡길 수는 없었다. 사실은 이것이 나다움을 찾고 주체적인 삶을 살기 위한 첫걸음이었다. 내가 스스로 선택한 첫 번째 길이었다.

나에게 고독을 선물하다

고독은 다른 이들과 어울리지 못해
불안해하는 외로움의 상태가 아니다.
의도적인 분리의 상태이자
자신을 위한 최고의 선물이다

배철현의 『심연』 중에서

나는 고독할 틈이 없었다. 네 남매가 있는 좁은 집안은 늘 북적북적했고 동네에는 친구들도 많았으며 사회생활을 일찍 시작한 덕에 많은 사람이 내 주위에 있었다. 가족의 굴레 안에서 직장 내에서 친구와의 관계 속에서 이래저래 바쁜 날들이었다. 그렇기에 외로움을 느낄 시간도, 나를 돌볼 여유도 없었다.

회사를 그만두고 나서 아이들을 어린이집에 보내고 난 후, 혼자만의 자유 시간을 갖게 되었다. 처음에는 뭘 할지 몰라서 주변의 엄마들과 만나고, 각종 모임에 참여했다. 그러다 문득 이런 생각이 들었다.

'이렇게 주어진 혼자만의 시간에 타인과의 소통보다 나와의 소통을 해 보자. 나 자신을 알아가는 시간을 갖자.'

그렇게 최소한의 것들만 남겨둔 채, 내 안의 고독이라는 방문을 열고 뚜벅뚜벅 걸어 들어왔다.

고독한 시간을 보내며 내가 어떤 사람인지 진지하게 생각하기 시작했다. 과거의 삶을 들여다보고 현재에 충실하며 미래를 그려보고 앞으로 나아갈 수 있는 사람이 되고자 하였다.

이렇게 고독을 즐기며 마음을 단단히 다잡는 시간이 소중하고 감사했다. 그리고 나를 좀 더 사랑할 수 있는 충만한 감정을 느끼게 되었다.

내면의 목소리에 귀 기울이는 방법

고타마는 왜 보리수 아래에서 깨달음을 얻게 되었을까?
그는 내면의 목소리에 귀 기울였다. 외부의 명령이 아니라
오로지 내면의 목소리에 귀 기울였다.

헤르만 헤세의 『싯다르타』 중에서

큰아이가 태어났을 때부터 기록을 남기기 시작했다. 일기를 쓰면 책으로 발행을 해주는 앱을 이용해서 아이의 성장 과정을 기록했다. 둘째가 3살 정도 될 때까지 육아일기를 책으로 남겼으니 꽤 오래도록 한 셈이다. 아이들이 책을 보며 그때 자신들의 모습을 보고 키득키득 웃기도 하고 신기해하는 모습에 나 또한 뿌듯함을 느낀다.

힘든 육아 속에서도 이렇게 매일 기록을 남길 수 있었던 원동력은 무엇이었을까? 이때부터 기록과 글쓰기에 대한 즐거움을 알아간 것 같다.

퇴사 후, 예전에 쓰던 블로그를 살려서 일상과 독서 기록을 남기기 시작했다. 매일의 일상과 내 생각을 글로 적으며 내면을 들여다보고 표현해 보기 시작했다. 그리고 우연히 서평단을 알게 되어 책을 지원받아 읽

고 글도 쓰며 바쁜 날들을 보냈다. 내 인생에서 아마 책을 제일 많이 읽은 시기가 퇴사 후 1~2년 사이인 듯하다. 1년에 100권 읽기를 목표로 하며 틈이 나는 대로 책을 펼쳤다. 그러면서 나도 모르게 내면이 조금씩 단단해지며 성장하고 있음을 느꼈다.

자기계발을 하는 사람들에게 빠질 수 없는 것이 바로 '미라클 모닝'이다. 아이들을 돌보면서도 오롯한 내 시간을 더 만들고 싶었는데 새벽이 딱 적당한 시간이었다.

온라인에서 1년간 김미경 강사와 함께하는 미라클 모닝 챌린지를 했다. 새벽 5시에 김미경 강사의 인생 강의도 듣고 나에게 집중하는 시간을 가졌다. 새벽이 주는 고요함은 나를 온전하게 드러나게 했고 무엇을 해야 하는지 찾아가며 생각하게 해주었다. 새벽 시간에 색다른 경험도 해보고 인생을 설계하는 데 중요한 밑거름이 되었다.

그리고 또 한 가지 악필을 고쳐보고자 글씨 연습을 시작했다. 캘리그래피를 배우며 글씨 연습을 하기도 했다. 책을 보고 마음에 와닿는 글귀를 만나면 그것을 적어 나갔다. 이렇게 시작된 필사는 우연한 기회에 긍정 확언 필사 100일 모임으로 나를 이끌었고 100일 동안 필사를 하게 되었다. 긍정 확언 필사는 긍정적인 마인드를 만들고 자신감을 키워주고 자존감을 높여주는 데 아주 효과적이었다.

글쓰기와 독서, 미라클 모닝과 필사. 이 네 가지는 혼자만의 시간에 오롯이 할 수 있는 것들이었다. 또한 하고 싶은 것들을 찾아내며 내면의 소리에 귀 기울이게 해주었고 단단하게 커갈 수 있도록 도와주는 성장촉진제와도 같았다.

말하기와 친해지다

말을 잘하면 나를 알 수 있다.
말을 잘한다는 것은 내가 누구인지, 내가 어떤 사람인지
정확히 아는 것이다.

정흥수의 『말 잘한다는 소리를 들으면 소원이 없겠다』 중에서

지금껏 살아오면서 자신감을 많이 떨어뜨린 것 중 하나가 바로 '말'이었다.

어렸을 적 유치원에서 웅변대회에 나가 상을 받은 기억이 어렴풋이 난다. 내성적이긴 했지만, 말을 잘못하는 건 아니었다. 하지만 어느 순간 나의 '말'이 잘못되었다는 것을 알게 되었고 점점 더 사람들과의 대화에서 듣는 사람이 되어가고 있었다.

말을 좀 더듬고, 빠른 말투 탓에 다른 이들에게 말을 걸기도 두려웠고 발표하는 것도 공포스러웠다.

고등학생 때, 국어 시간에 책 읽기를 하였다. 떨리는 마음을 붙잡고 간

신히 책 읽는 나를 보면서 선생님께서는 '강원도에서 온 시골 소녀 같다.' 라며 농담 삼아 말씀하신 게 기억이 난다. (그 당시 나의 모습은 주근깨가 있는 얼굴에 귀밑까지 오는 단발머리와 삐삐 마른 몸이었다. 그래서 왠지 더 촌스러운 느낌이 더 들었을지도 모르겠다.) 또한 대학교 때, 단과대학 학생회에서 활동했는데 우연한 기회에 부회장 출마 연습을 하게 되었다. 하지만 사람들 앞에서 연설하고 행사 때 앞에 나서서 말하는 것에 대한 두려움이 앞서 중도에 포기한 적이 있다.

발표하거나 많은 사람 앞에서 말하는 게 너무 긴장되었고 스트레스가 극심했다. 말을 못 한다는 생각에 사로잡혀 더 마음이 불안했던 것 같다.

직장에 취업하고 일을 해보니 나의 말 습관을 고칠 필요가 있었다. 은행원이라는 특성상 사람들을 상대할 때 또박또박 하게 상품설명도 잘해야 했다. 하지만 그러지 못하니 성과도 많이 내지 못할뿐더러 스스로 많이 위축되었다.

사람들과의 관계는 원만했지만, 한 번씩 올라오는 말에 대한 공포가 나를 사로잡았다. 그래서 마음 한편엔 늘 '편하게 말을 잘하는 것'에 대한 갈망이 있었고 똑 부러진 모습을 보이고 싶은 욕망이 자리 잡고 있었다.

육아 휴직을 쓰고 아이를 돌보며 복직하기 전, 말을 좀 더 잘해 달라진 모습을 보이고 싶어서 스피치 학원에 다녔다. 기본적인 발성과 발음법을 배우고 나니 조금은 달라졌지만, 그때뿐이었다. 실생활에서 계속 적용하며 말해야 하는데 그것과 연결은 되지 않았다.

비싼 강의료를 주고 들었던 몇 군데의 스피치 수업은 '할 수 있다.'는 용기는 주었지만, 연습을 꾸준히 하지 않은 나를 또 자책하게 했다. 퇴사후 더 열심히 스피치를 연습하려고 노력했다. 그간 스피치 강의를 통해 익힌 방법으로 혼자서도 열심히 발성과 발음 연습을 하였고 스피치 관련 책들을 읽으며 내 마음을 어루만지는 시간도 가졌다.

몇 번의 시도와 포기를 반복하기를 몇 년.

우연히 온라인에서 한석준 아나운서의 스피치 강의를 들으며 함께 공부하고 연습하는 사람들을 만났다. 매일 낭독 연습을 통해 더 오래 지속할 힘이 생겼다. 함께하면 멀리 간다고 했던 만큼, 조급함을 내려놓고 멀리 꾸준히 나아가기로 했다.

그리고 변할 수 있는 최적의 상태를 찾아서 조금씩 나아가는 나를 만났다. 여전히 말하는 것이 두렵고 서툴지만, 꾸준한 연습을 통해서 자신감과 용기가 축적되고 있다.

말하는 것에 대한 두려움, 말을 잘하지 못한다는 생각과 자책은 버리고 이러한 나를 인정하고 드러내는 것이 필요했다.

마흔을 앞둔 이제서야, 나의 말하기와 조금 친해지고 있다.

당신이 변화를 꿈꾼다면,
책에서 변명을 찾지 말고,
당신을 살릴 방법을 찾아라.

김종원의 『원래 어른이 이렇게 힘든 건가요』 중에서

책을 읽다 보면 많은 문장을 접하게 된다.

마음을 두드리는 문장을 만나면 가슴이 먹먹해지고 묘한 감정에 휩싸인다. 그러다 보면 어느새 책에다 인덱스를 붙이고 펜을 들며 똑같이 적어 내려가는 나를 만난다.

한동안은 자기계발 책에 집중했다. 성공한 사람들의 이야기도 듣고 어떻게 해야 더 성장할 수 있는지 궁금했다. 자기계발서를 읽다 보니 머리는 알겠는데 행동이 따라주지 않는 내가 한심해지기 시작했다.

그래서 마음을 달래려 에세이와 인문학 등으로 눈을 돌렸다. 에세이를 읽으며 다른 누군가의 삶을 엿보고 다양한 경험과 이야기를 통해서 색다른 공감을 얻을 수 있었다.

가슴을 울리는 예쁜 문장들과 감성적인 표현들이 내 마음을 파고들었고 문장을 따라 적으면서 알 수 없는 감정으로 벅차오르게 되었다.

누군가의 문장으로 위로를 받으며 나 또한 다른 이에게 좋은 언어로 내 마음을 전해주고 싶은 생각이 들었다.

한 번씩 필사 노트를 펼쳐서 읽었던 책을 한 번 더 접하고, 적어둔 문장을 통해 과거의 나를 다시 만난다.

'가끔은 나를 전혀 모르는 누군가에게 속내를 털어놓고 싶을 때가 있다. 위로를 바라는 것이 아니다. 그냥 툭 다 끄집어내 놓고 싶은 날. 누구에게나 그런 날이 있다.'

독서 기록으로 남겨진 강가희의 『다독이는 밤』 필사 중, 위의 문장이 참으로 와닿았던 순간이 있었나 보다. 그리고 이 글을 쓰며 나를 모르는 사람들에게 속내를 털어놓는 시간이 되고 있다. 그렇기에 걱정과 부끄러움이 감싸지만, 이 또한 나를 홀가분하게 할 것이다.

과거의 감정이 담긴 문장을 통해서 스쳐 지나간 기억들이 떠오르기도 한다. 속이 상했던 날들, 위로받고 싶었던 날들, 지독히도 변하고 싶었던 나의 모습이 겹쳤다. 필사 노트에는 책을 읽으며 반성하고 애쓴 자국이 열렬하게 남아있었다.

　필사는 그렇게 내 감정을 정화하며 마음의 짐을 덜어내는 작업이 되어 가고 있다.

내 몸을 통해 삶을 배우다

모든 일은
꼭 필요한 순간에 필요한 배움을 얻는다.
지금 경험하고 있는 모든 일들은
일어나야만 할 일들이었고
그 경험 속에서
필요한 배움을 얻으면 된다.

조성희의 『뜨겁게 나를 응원한다』 중에서

나는 가만히 있지는 못하는 성격이라 무엇이든 배우고 경험하는 것을 좋아한다. 새로운 운동을 배우고 싶었는데 우연히 수영과 줌바 댄스를 같은 달에 시작하게 되었다.

수영은 새벽 기초반부터 시작하였다. 같이 수영을 시작했는데 금세 실력이 느는 사람들이 보이자 '난 왜 안 되지?'라는 비교의 틀에 갇혀 기가 죽었다. 수영 강사는 원래 못하는 게 정상이고 잘하는 사람이 비정상이라며 위로를 해주었다. 한 번씩 마음이 동요될 때면 옆에서 수준이 비슷한 사람들과 연습하며 위안을 얻었다.

다른 사람들이 멋지게 자유형을 마스터하고 배영, 평영, 접영을 해낼 때 나는 아직도 따라가기에 벅찼다. 물에 뜨는 것조차 안 되어 부력판을 손에서 뗄 수 없었다. 물에 빠지는 게 두려운지 몸에 더 힘이 들어갔는데 강사는 계속 몸에 힘을 빼라고 하니 내가 나의 몸을 컨트롤할 수 없었다.

빨리 잘 해내고 싶은 욕심이 갈수록 생겨났다. 하지만 이러한 마음을 알아채고 내려놓았다. '다른 사람이 잘하든 못하든 나의 속도대로 가자.' '빨리할 필요가 없다. 시간이 얼마나 걸리던 결과는 모두 똑같다.'라는 말을 되새기며 마음을 놓으니, 몸도 편해졌다. 그리고 물에 대한 두려움이 조금씩 사라졌다. 마음도 몸도 편해지니 조금씩 성과가 나오기 시작했다.

줌바 댄스도 마찬가지다. 사실 몸치라서 춤은 잘 추지 못한다. 그저 흥이 많은 사람일 뿐이다. 운동 겸 스트레스를 풀기 위해 시작했는데 처음엔 강사의 동작 하나하나 따라가기가 벅찼다. 스텝은 자꾸 꼬이고 운동을 하고 나면 체력이 떨어져 힘들었다. 그리고 이 또한 잘하는 사람들이 눈에 띄기 시작하니 나의 동작이 너무 웃기게 보였다. 웨이브도 안 되고 기본 스텝이 안되니 집에서 연습하며 신랑과 함께 웃음보가 터지기도 하였다.

수영에서 느낀 것처럼 타인을 보지 말고 나를 보자고 마음먹었다. 그래서 음악의 흐름에 집중하고 강사의 동작을 잘 관찰하였다.

'잘하는 사람은 이미 몇 년을 해왔을 텐데 이제 처음이자 몸치인 내가 잘하는 건 말이 안 되지!' 하며 마음을 고쳐먹고 천천히 나의 움직임대로 가보기로 했다. 이렇게 내려놓으니 즐길 수 있는 여유가 생겼다. 그리고 운동하는 시간만큼은 모든 것을 잊고 음악과 동작에 집중할 때 더 몰입하게 되고 몸이 덜 힘들게 되었다. 무엇보다 재미가 있으니 즐기면서 할 힘이 생겼다. 이제는 제법 리듬도 타고 온전히 음악에 몸을 실을 수 있게 되었다. 그리고 운동을 하면서 거울을 보며 내 몸을 관찰하게 된다. 이건 마치 '카메라 마사지 효과'와 같아서 거울 속의 내가 점점 더 예뻐 보이게 되는 착시현상을 불러일으켰다. 내 모습에 대한 자신감이 차오르는 것이다.

이처럼 몸을 쓰는 경험을 통해 배운 것들이 많은 것을 알려주었다.

타인과 비교하지 않는 마음, 나의 속도대로 가는 법, 내 몸을 관찰하고 움직임에 익숙해지는 것, 반복되는 것들의 힘. 또한 포기하지 않고 꾸준히 하면 해낼 기회는 얼마든지 찾아온다는 것이다. 그러니 남들보다 느리다고 걱정하지 말고 잘하려고 완벽히 하려고 애쓰지 말자. 그리고 제일 중요한 것, 멈추지만 않으면 된다.

나를 진정으로 사랑할 때 나답게 살아갈 수 있다.
나답게 살 때 우리는 진정 자유로울 수 있다.
나답게 살 때 우리는 진정 현재를 사랑할 수 있다.

조성희의 『뜨겁게 나를 응원한다』 중에서

'나답다'라는 것은 무엇일까?
드라마에서 자주 나오는 대사가 떠오른다.

A: "너답지 않게 왜 이래?"
B: "나다운 게 뭔데?"

우리는 '타인이 보는 나'를 통해서 자신을 인식하기도 한다. 타인에게
보여주는 행동으로 평가받는 경우도 많기 때문이다. 요즘 유행하고 있는
MBTI로 표현해 보자면, 나는 ISFP이다. 내향적이고, 현실적이며, 감정적
이고, 유연하게 상황에 따라 대처하는 사람이다. 사람들이 내 결과를 들

으면 "딱 너다!"라고 말하는 사람도 있는 반면에 "이건 좀 아닌데?"라고 의문을 표하는 사람도 있다. (사실 맞는 것도 있고, 아닌 것도 있고 반반인 것 같다.) 지금은 예전과는 조금 바뀐 나를 만날 수 있다. 그래서 나조차도 헷갈릴 때가 많다. 그저 온라인에서 떠도는 심리테스트 같은 것들로 '맞아, '이게 나네.' 하면서 그저 고개를 끄덕이고 있을 뿐이다.

나다운 것을 타인이 아닌 나를 앞에 두고 생각해 본 적이 있을까?

나는 내성적이긴 했지만, 사람들과 어울리는 것을 좋아하는 편이다. 그러면서도 모든 사람에게 다 잘 보이고 싶은 마음이 앞섰는지 나의 감정을 쉽게 드러내진 못한다. 타인을 많이 의식했기에 나보다 다른 이들을 더 생각하고 배려하는 쪽으로 맞춰 나갔다. 거절도 잘못하는 성격이라 보험 판매 권유 전화를 끊지 못해서 1시간을 듣고 있던 적도 있었다. 타인에게 휩쓸려가는 나의 모습에 점점 지치게 되었고, 나다운 모습으로 편하게 타인과 어울리길 원했다.

그러다 문득, 회사에 다닐 때의 한 장면이 떠올랐다. 회사에서 직원들의 장점을 적어 보는 시간이 있었다. 팀장님 한 분께서 나의 장점을 이렇게 적어 주셨다.

"사람을, 있는 그대로 본다."

'그래, 나는 사람을 있는 그대로 보는 사람이었지.' 하며 다시금 돌아보게 되었다. 다른 사람은 있는 그대로 보면서 왜 나 자신은 있는 그대로 보지 못할까? 속을 많이 끓이고 있는 건 나였다. 내 안에 많은 감정과 생각들을 내려놓아야 했다. 그리고 있는 그대로 나를 드러내야 했다. 먼저 좋아하는 것과 싫어하는 것을 생각해 보았다. 타인에 대한 작은 배려는 남겨두고 나를 먼저 챙기기 시작했다. 타인의 눈치를 보는 것과 타인이 나를 어떻게 볼까 하는 마음도 내려놓아야 했다. 내가 타인을 온전히 바라보는 것처럼, 나를 온전히 바라봐야 했다.

사람은 변하지 않는다는 말이 있다. 그러나 나답기로 선택했다면 기존의 나와 이별하는 연습을 해야 한다. 불편한 감정을 인식하고 그것을 편안하게 바꾸려고 노력한다면 한층 더 성숙해진 자신을 만날 것이다.

결국, 나답다는 것은 나에 대해서 온전히 알아가고, 감정을 정확하게 표현할 줄 알며 상대에게 편하게 내 모습을 드러내고 행동하는 것이지 않을까?

마흔을 앞두고서야 조금씩 나다워지는 법을 알 것 같다.

원하는 것을 찾으려면 자신에게 질문하자

다른 사람에게 묻지 마라!
나 자신에게 질문하라.
목표를 정하는 것은 당신의 인생에서
가장 중요한 결정이 될 것이다.
내가 정말 사랑하는 일,
내 가슴에서 진정으로 원하는 것을 찾으라.

조성희의 『뜨겁게 나를 응원한다』 중에서

내가 원하는 것은 무엇일까? 어떠한 목표를 정하고 그것을 이루기 위해 무엇을 해 나가야 할까? 막연하게만 생각하고 있던 것들을 구체적으로 꺼내야 했다.

세상이 돌아가는 정보를 얻기 위해 주위를 둘러보고 온라인상에서 사람들이 무엇을 하고 있는지 보았다. 그중에 흥미로운 것이 있는지 찾아보았다.

많은 사람이 경제적 자유를 위해서 열심히 달려가고 있었다. '그래, 나도 경제적 자유를 얻어보자!' 결심하고 무엇을 하며 돈을 버는지 알아보기 시작했다.

온라인상에는 '경제적 자유를 얻는 가장 쉬운 방법'의 각종 영상과 글, 그리고 전자책들이 난무했다. 투자, 사업, 부업 등 집에서도 손쉽게 돈을 버는 사람들의 이야기들이 나를 사로잡았다.

육아하며 돈을 벌어들이는 인플루언서들이 대단해 보였고 내가 할 수 있는 것이 있는지 찾아보며 시도해 보았다.

하지만 그건 그들의 이야기였고 나에 대해 전혀 모른 채 호기롭게 시작했던 주식 투자와 온라인 사업은 별 노력과 성과도 없이 흐지부지되었다.

내가 진정으로 원하는 것을 왜 다른 이들에게서 찾으려 했을까? 이렇게 깨달음을 얻은 뒤, 온라인에서 성공한 사람들의 이야기 대신 나의 이야기에 집중했다.

예전에는 무작정 시도했던 것들이 많았다. 되도록 많은 경험을 하고 그 속에서 나와 맞는 건지 확인하고 싶었다. 그래서 '한번 해보자. 안되면 말고~.'라는 마인드로 무엇이든 쉽게 생각하고 이런저런 도전을 마다하지 않았다. 하지만 나의 성격은 하나를 진득하게 파고들지 못했고 그러다 보니 점점 흥미를 잃어갔다. 그리고 '무식하면 용감하다.'라고 했던 말을 증명하듯 차분히 먼저 알아보고 접근하는 과정에서 점점 발을 내딛는 게 조심스러워졌다.

그냥 해보는 것과 진심을 다해서 하기로 마음먹는 것의 차이는 분명했다. 꿈과 현실, 그 사이에서 균형을 찾아가는 것이 중요했다. 무작정 꿈만 쫓아서 될 일도 아니었고 그렇다고 현실에서 벗어나려 성급한 결정을 내려서도 안 되었다.

그래서 나에게 질문하고 하나씩 답을 적어보았다. 인생의 목표를 생각하고 현실적으로도 가능한 일인지, 나의 성향과 가치관을 알아보고 좋아하는 것을 토대로 무엇을 하면서 남은 삶을 살아야 할지 고민했다. 이러한 과정은 아직도 진행 중이지만 점점 더 나와 친해지는 시간이 되고 있다.

인생에서 무엇을 원하는지 알고 싶을 때 조용히 나에게 질문하면서 곰곰이 생각하는 시간을 가져보자. 나의 답은 나의 질문으로 찾을 수 있다.

앞으로 펼쳐질 마흔을 응원한다

> 애쓰지 않으면
> 삶이 멈춘다.
> 40대가 되어
> 버킷 리스트를 써야 하는 이유다.
>
> 김미경의 『김미경의 마흔 수업』 중에서

이 글을 읽고 있는 당신에겐 버킷 리스트가 있는가?

인생에 한 번쯤 꼭 하고 싶은 일들, 이루고 싶은 일들을 하나씩 하면서 삶을 충실히 살아가고 있는가?

나는 버킷 리스트를 그저 해보고 싶은 경험들, 즐기고 싶은 것들로만 생각했다. 하지만 내가 해보고 싶은 일과 할 수 있는 일 사이에는 간극이 있다. 그 간극을 하나씩 좁혀 나가고 인생을 알차게 보내기 위해 버킷 리스트를 잘 만드는 것이 필요하다.

나는 어떠한 희망과 목표, 꿈으로 버킷 리스트를 만들고 실행해 나갈까? 곧 만나게 될 40대를 잘 맞이하고 애쓰고 노력하며 보내기로 마음먹어본다.

나이는 숫자에 불과하다. 꿈을 잃지만 않으면 우리의 인생은 앞으로 더 빛날 수 있다. 잠시 방황한다고 길을 잃은 것도 아니며 이정표대로 가지 않아도 낙오자가 되는 것은 아니다.

우리가 서 있는 모든 길은 각자의 사연을 담고 각자의 희망을 품고 가는 길이다. 모두 저만의 길을 잘 찾아가고 있다고, 힘들면 잠시 쉬어가도 좋고, 되돌아가도 된다고 말해주고 싶다.

오늘도 자신의 길 위에 묵묵히 서 있는 모든 이들을 응원한다.

유유맘의 긍정 확언

1. 자신감이 없을 때, 두려움을 느낄 때

   "나는 할 수 있다. 나는 무엇이든 해내는 존재다."

   "나는 나를 믿어. 괜찮아, 실수해도 좋아."

   "나는 용기 있는 사람이야."

2. 일이 잘 안 풀릴 때, 포기하고 싶을 때

   "나는 운이 참 좋아. 내가 하는 일은 뭐든 잘될 거야."

   "많은 사람이 나를 도와주고 있고 나는 결국 해내는 사람이야."

   "나는 긍정의 기운을 끌어당기는 사람이야."

3. 나 자신이 초라하게 느껴질 때

   "나는 나 자신을 사랑해. 나의 있는 모습 그대로도 괜찮아.

   나는 누구보다 소중하고 특별한 존재야. 나는 내가 참 좋아."

4. 진정한 어른이 되지 않아도 괜찮다. 누가 뭐라 해도 나 자신을 잃지 말자. 나다운 자취를 남기며 가는 길, 그것이 진정한 어른이 되는 길이니까.

5. 다른 사람의 길이 좋아 보였다. 하지만 기억하라. 그 길을 갈고 닦기 위해 수많은 인고의 시간과 노력이 필요했음을.

6. 인생의 어느 구간에서는 나를 꼭 탐색하는 시간을 갖자. 늦어도 괜찮다. 더 멋스러운 내가 발견될지도 모를 일이다.

7. 주위를 둘러보자. '고독의 길'에서 외로워 보이는 사람이 있다면 안아주고, 즐기는 사람이 있다면 먼발치서 응원해 주자.

8. 어릴 땐 쓸데없이 많이 울었는데 나이가 드니 점점 우는 게 줄어들었다. 가끔 눈물이 나면 생각한다. 쓸데없는 눈물은 없었다는 것을.

9. '몰라.' '나도 잘 모르겠어.'라는 말을 자주 했더니 점점 나 자신을 모르게 되었다. 습관처럼 쓰는 말이 나를 정의한다.

10. 오랜만에 세차를 했다. 뿌옇게 쌓인 먼지들이 걷히니 차에 흠집이 보였다. '어디서 이렇게 긁힌 거지?'
    사람도 마찬가지다. 알게 모르게 긁힌 마음의 상처를 평소에 자주 점검할 필요가 있다.

맺는말

혼자 필사를 했으면 이렇게 매일 연속적으로 하지 못했을 것이다. 같이 하는 사람들과의 약속이었기에 그 약속을 저버리고 싶지는 않았다. 필사하며 배운 것이 많아 소중하고도 뜻깊은 시간이었다. 100일간의 긍정 확언 필사는 나의 마음을 변화시켰고 무엇보다 나에 대한 믿음이 더 강화되게 해줬다. 마인드 셋에 관심이 많았지만, 쉽사리 행해지진 않았는데 긍정 확언을 비롯해 많은 책을 필사해 보니 마인드가 조금씩 바뀌어 갔다. 지난날의 어리숙한 나를 인정하고 받아들이며, 현재에 집중하고 미래를 꿈꿔 볼 수 있는 내가 되었다. 지금 자기 모습이 너무 한심하고 막막하다고 생각되는 모든 분에게 필사를 꼭 해보라고 권유하고 싶다. 글씨를 쓰고 있는 펜의 끝에서 나를 만나고 새로운 삶을 그려내는 경험을 해보길 바란다. 책을 필사하고 우리의 책을 집필하기까지 5명이 함께 만든 시간이 내 인생의 명장면으로 남을 것이다.

모두에게 감사 인사를 전합니다.

글을 마치며

서점에 가면 제목부터 눈길이 가고 마음이 끌리는 책들이 즐비해 있다. 무심코 한 권 손에 들고 책장을 넘기던 순간, 눈에 들어온 문장들이 작은 파동을 일으키며 조용히 마음 한편에 내려 앉는다. 그렇게 자리 잡은 문장은 내 가슴을 벅차게 하며 긴 여운을 남긴다. 시간 가는 줄 모르고 여운에 취해있다 보면 마치 그 책과의 만남이 운명이라는 느낌마저 든다. 책이, 아니 책 속의 문장들이 나를 그 자리로 이끈 것은 아닐까? 이내 망설임 없이 책을 집어 들고는 계산대로 향한다. 집으로 돌아오는 내내 그 안에 담긴 다른 주옥같은 문장들과 만나고 싶은 마음에 심장이 두근두근 바운스를 탄다. 그렇게 사 모은 책이 책장에 그득하다.

문득, 그 문장들을 눈으로 읽고 마음에만 담아 두기에는 아깝다는 생각이 들었다. 이런 생각은 나만 하는 것이 아니었는지, 놀랍게도 비슷한 생각을 하던 이들을 만났다. 우리는 서로를 필사 친구라고 불렀다.

새벽 6시, 각자 자신만의 공간에서 100일 동안 우리는 책을 읽고 필사를 했다. 눈으로 읽고 손으로 옮겨 적으며 마음에 새기는 시간은 행복이었다. 한 글자 한 글자, 한 문장 한 문장 손으로 써 내려간 필사 노트를 넘기는 순간, 운명처럼 만난 책들이 가지런히 꽂혀 있는 책장을 보는 것만큼이나 황홀함을 안겨 주었다.

우리는 간혹 온라인으로 만나 필사의 마음을 나누며 동시에 우리 삶의 이야기를 하고 타인의 삶에 공감했다. 그 시간이 참으로 감사하고 소중했다. 말로만 나눈 우리의 감정이 아깝다는 생각이 들었다. 그래서 글로 옮기기로 했고, 그 짧은 우리의 글은 이제 한 권의 책이 되어 세상에 나오게 되었다. 가슴이 벅차다. 서점 진열대에서 어느 책 속의 운명적인 문장을 만났을 때만큼이나. 아니 그보다 더!

서점 한편에 자리 잡고 있을 우리의 사색 조각들이 반짝반짝 빛나기를 소원하며, 누군가 그 속에서 주옥같은 문장을 찾아주기를 바란다.

우리는 거창하게 시작하지 않았기에 거창한 끝을 바라지 않는다. 그저 스스로 빛나기를 바라고 다짐하며 우리 자신을 만났듯이 누군가에게 작은 떨림으로 다가갈 수 있기를 기대한다. 그 떨림이 감동으로 바뀌는 순간을 맞이하는 상상을 하면서.

진심으로 필사를 하는 동안 우리는 행복했고, 위로받았다. 그것은 우리의 평범한 일상을 풍성하게 해주는 선물 같았다. 그리고 선물상자를 여는 순간 우리는 서로의 얼굴에서 기쁨에 가득 찬 미소를 볼 수 있었다. 이제 이러한 감정들을 더 많은 이들과 나눌 수 있다는 것에 설레기 시작했다.

우리의 설렘이 길게 이어지기를 바라며 또 다른 여정을 그려본다.

"책의 판매 수익금은 초록우산 어린이 재단에 후원합니다."